凯 特 的 选 择
VINEGAR GIRL Anne Tyler

［美］安·泰勒 / 著
王嘉琳 / 译

北京联合出版公司
Beijing United Publishing Co.,Ltd.

凯特的选择

[美] 安·泰勒 著
王嘉琳 译

图书在版编目（CIP）数据

凯特的选择 /（美）安·泰勒著；王嘉琳译. -- 北京：北京联合出版公司，2017.8
ISBN 978-7-5596-0371-5

Ⅰ.①凯… Ⅱ.①安… ②王… Ⅲ.①长篇小说－美国－现代 Ⅳ.① I712.45

中国版本图书馆 CIP 数据核字（2017）第 108036 号

VINEGAR GIRL

By Anne Tyler

Copyright © Anne Tyler 2016
First published as VINEGAR GIRL by Hogarth
Simplified Chinese edition©2017 by United Sky (Beijing)New Media Co.,Ltd. in association with Penguin Random House (North Asia).
All rights reserved.

"企鹅"及其相关标识是企鹅图书有限公司已经注册或尚未注册的商标。
未经允许，不得擅用。
封底凡无企鹅防伪标识者均属未经授权之非法版本。

北京市版权局著作权合同登记号 图字：01-2017-3425 号

选题策划	联合天际
特约编辑	刘 默
责任编辑	崔保华 李 伟
封面设计	索 迪

关注未读好书

出　版	北京联合出版公司
	北京市西城区德外大街 83 号楼 9 层 100088
发　行	北京联合天畅发行公司
印　刷	北京鹏润伟业印刷有限公司
经　销	新华书店
字　数	130 千字
开　本	880 毫米 × 1230 毫米 1/32 6.5 印张
版　次	2017 年 8 月第 1 版 2017 年 8 月第 1 次印刷
ISBN	978-7-5596-0371-5
定　价	49.80 元

未读 CLUB
会员服务平台

本书若有质量问题，请与本公司图书销售中心联系调换　未经许可，不得以任何方式
电话：(010) 5243 5752　　(010) 6424 3832　　　　　　　复制或抄袭本书部分或全部内容
　　　　　　　　　　　　　　　　　　　　　　　　　　　　版权所有，侵权必究

第一章

厨房里电话响起时,凯特·巴蒂斯塔正在屋子后头的花园里忙活。她直起身子,侧耳倾听。妹妹就在屋里,不过这会儿可能还没起床。电话再次响起,接着又响了两次。最后总算听到了妹妹的声音,却是留言机发出的自动答复:"嗨!找我们的?看来我们不在家咯?留下——"

此时,凯特已经大踏步往后院台阶走去,一边将头发甩至肩后,一边嘴里愤愤地吐出一声"嗤"。她把手往牛仔裤上擦了擦,猛地拉开纱网后门。

"凯特,"父亲在电话里喊道,"终于接电话了!"

她拿起话筒问:"什么事?"

"我忘带午饭了。"

她的目光落到冰箱旁边的台子上,果然,他的午餐盒还放在昨晚她摆好的位置,动都没动。她总是用超市那种干净的塑料袋套在餐盒外面,里面放了什么一清二楚:一个特百惠沙拉盒和一个苹果。"呀!"她说。

"你能带过来吗?"

"现在?"

"是的。"

"天哪,父亲,我不是驿马快信[1]啊!"她说。

"你还有什么事要做?"他问道。

"今天是周日啊!我在给菟葵地除草呢。"

"啊,凯特,别这样。只要跳进车里,咻一下就到了。乖啦。"

"神哪!"她叹道,然后砰的一声扔下话筒,从台子上拿起午餐盒。

以上对话有几个奇怪之处。首先是这段对话居然会发生。她父亲一向是不信任电话的,事实上,他的实验室里压根就没装电话,所以他肯定是用手机打过来的。这同样是有违常态的,因为他当初会买手机仅仅是拗不过女儿们的坚持要求。刚用上手机时,他也曾心血来潮地买了一堆应用——大多是各种各样的科学计算器——之后便对手机彻底失去了兴趣,现在更是连碰也不碰一下。

第二个奇怪之处在于,他一周通常都会有两次忘带午饭,但以前他似乎从未留意过这事,其实这个男人基本上是不吃饭的。凯特下班回家时,经常会发现他的饭盒还放在台子上没有动过,即使这样,晚上她还是得喊上三四遍,他才会出来吃晚饭。他总是有比吃饭更有价值的事情要做,阅读期刊啦,翻看笔记啦。如果一个人过的话,他很可能会活活被饿死。若是他真的有了些许饿意,他也可以走出去自己买点吃的。他的实验室就在约翰·霍普金斯大学附近,三明治店和便利店随处可见。更别说这会儿都

---

[1] Pony Express,1860—1861年美国利用快马接力在密苏里州与加利福尼亚州之间传递邮件的快递系统。

还没到中午。

不过这一天阳光灿烂,微风和煦,尽管寒意尚存——但也是漫长难熬的严冬过后,第一个还算宜人的天气——所以,她其实并不介意有个理由到外面的世界走一走。但她不会开车,她选择步行。

就让他等着吧。他自己就从来不开车,除非是有什么设备要运的时候。他就是个健身狂人。

她走出门,把门带上时格外用力,因为邦妮睡到这么晚还没起让她满怀不爽。走道上的地被植物看上去有些芜杂凌乱,她默默记下:待会儿给苋葵地除完草后还要把这里修理一下。

她拎着午餐袋子打结的袋口,轻轻晃动着,经过明茨家和戈登家——这两家的房子和凯特家——巴蒂斯塔家的一样(尽管前者保存得更好一些),都是殖民时期风格的庄严气派的砖砌建筑,里面有一个中央大厅——然后转过拐角。戈登太太正跪在她的映山红丛中,往花的根部撒上护根[1]。"呀!凯特,你好啊!"她高声叫道。

"嗨。"

"看起来有点春天的意思了!"

"是呀。"

凯特并未放慢脚步,继续走着,她的鹿皮风衣被风吹动着,在身后飘舞飞扬。两个年轻女子——很可能是约翰·霍普金斯大学的学生——在她前面以蜗牛般的速度移动着。"我看得出他想约我,"其中一个说,"因为他老是清嗓子,他们男生总是那样,你懂的

---

[1] 用以保持植物水分、消灭杂草等的覆盖物,如稻草、腐叶或塑料膜等。

吧？然后又不说话了。"

"我就喜欢他们这种害羞得不行的样子。"另一个说。

凯特绕到她们前面，继续走着。

她在下一个街口左转，朝一个功能更为混杂的街区走去，穿过其间的公寓楼、小咖啡馆和隔断成办公室的房子，最后来到另一座殖民时期风格的砖砌建筑前面。这栋房子的前院比巴蒂斯塔家的小，但柱廊却更大，更气派。前门边上挂着六块或八块牌匾，上面写着各种不入流的组织和没名气的小杂志的名字。然而没有一块牌匾上写着路易斯·巴蒂斯塔的名字。这些年来，父亲从一个地方被调到另一个地方，漂泊不定，最后在这栋凄凉冷清的房子里落脚，这时他大概已经觉得没必要再挂上自己的牌匾了：房子离学校很近，但距离医学中心有几英里路。

门廊的一面墙上挂着一排信箱，信箱下面放着一把快要散架的长椅，上面成堆叠放着乱七八糟的广告传单和外卖菜单。凯特走过好几间办公室，其中只有"信佛的基督徒[1]"组织那间的门是敞开的。她往里面瞥了一眼，只见三个女人围着一张桌子站成一圈，第四个女人坐在那里拿纸巾擦拭着双眼（总有什么事发生）。凯特推开大厅尽头的一扇门，沿着一段木台阶往下走，来到底层，她停了一下，随即按下房间密码：1957——某位医学家定义自体免疫紊乱标准的年份。

一间狭小的屋子，里面的全部家具就是一张牌桌和两把金属折叠椅。桌上放着一个牛皮纸袋，看起来是另一个人的午餐。凯

---

[1] 指信仰或传播佛教教义的基督徒。

特把父亲的午餐摆在牛皮纸袋边上,然后走向一道门,动作轻快地敲了几下。片刻之后,她的父亲探出头来——秃顶的脑袋边缘窄窄地长了一圈黑发,橄榄色的脸上突兀地留着一撮黑色的胡子,架着一副无框的圆形眼镜。"啊,凯特,"他说,"快进来。"

"不用了,谢谢!"她说。她受不了这地方的味道——实验室本身散发出的稀薄却刺鼻的气味,以及小白鼠屋里的那股砂纸味。"午饭放在桌上了,"她说,"再见啦。"

"别,等一等!"

他背过身去,朝身后同在屋里的某个人说道:"皮奥德尔?出来跟我女儿打个招呼。"

"我得走了。"凯特说。

"你肯定还没见过我的研究助理。"父亲说。

"那又怎样?"

但是门敞得更开了,里面走出来一个身材结实、肌肉发达、留着黄色直发的男子,站在了父亲身边。他的实验室白大衣脏得发黑,几乎和巴蒂斯塔博士身上那件浅灰色的工装连体裤是一个颜色的了。"哦嗯!"他说,或者至少听起来是发出了这样的声音。他正满怀钦慕地盯着她看。男人初见她时往往都是这副表情。她的秀发,如深蓝色的波浪般一泻而下,直垂到腰际以下。

"这位是皮奥德尔·施谢尔巴科夫。"父亲向她介绍。

"是皮奥特尔。"男子纠正道,在短促的"特"和花哨的卷舌的"尔"之间不留任何空隙。接着是"施谢尔巴科夫",爆破似的喷出一串含糊不清的辅音。

"皮奥德尔,来见见凯特。"

"嗨，"凯特打了声招呼。"待会儿见。"她对父亲说道。

"待一会儿再走吧。"

"为什么呢？"

"嗯，你得把我的三明治盒带回去呀，不是吗？"

"噢，你可以自己带回来，不是吗？"

突如其来地响起一声怪叫，两人同时朝皮奥特尔看去。"跟我们国家的女孩子一个样，"他说道，脸上笑盈盈的，"说起话来粗鲁无礼。"

"跟女人一样。"凯特语带责备地说道。

"对，女人也一样。老婆婆们，大妈们。"

她不再理会他。"爸，"她说道，"你能跟邦妮说一下，让她别每次带朋友过来都把家里弄得一团糟，好吗？你今天早上看到电视机房都成什么样了吗？"

"行，行。"父亲说道，然而却边说边走回实验室里头。接着又推着一个带滚轮的高脚凳折回来，把凳子停在牌桌旁边。"坐吧。"他对她说。

"我得回后院里干活了。"

"求你了，凯特，"他说，"你从没陪过我。"

她盯着他看："陪你？"

"坐，坐，"他说，手指着凳子，"你可以吃点我的三明治。"

"我不饿。"她说。但她还是很不自在地坐上了高脚凳，眼睛仍然盯着他看。

"皮奥德尔，坐。你也可以吃点我的三明治，如果你愿意的话。这是凯特独家制作的，全麦吐司配上花生酱和蜂蜜。"

"你知道我不吃花生酱的。"皮奥特尔语气严厉地说道。他拉出一把折叠椅,在凯特斜对面坐下。他的椅子比凯特的高脚凳矮一大截,因此她可以看见他脑袋顶上的头发已经有点稀疏了。"在我们国家,花生是给猪吃的。"

"哈,哈!"巴蒂斯塔博士笑道,"他可真幽默,是吧,凯特?"

"什么?"

"它们连壳一起吃掉。"皮奥特尔说。

凯特注意到,他不太会发 /th/ 这个音[1],而且他的元音发得也不够长。她可受不了外国人的发音。

"我竟然用了手机,让你很惊讶吧?"父亲问她。不知为何,他还站着。他从工装连体裤的一个口袋里掏出手机。"你们说得对,它可真是方便。"他说道,"我打算从现在开始多用用它。"他皱起眉头,低头盯了手机片刻,好像在试图想起它是个什么东西。接着他按下一个按钮,把手机举到自己面前。他眯起眼睛,往后退了几步。然后响起一声机械的点击声。"看见没?还能拍照片。"他说。

"删掉!"凯特命令道。

"我不知道怎么删。"他说,手机又响了一下。

"该死,爸,坐下吃饭吧。我得回去干活了。"

"好吧,好吧。"

他收起手机,坐了下来。皮奥特尔这时打开了自己的午餐袋。他拿出两个鸡蛋、一根香蕉,把它们放在他面前铺平的牛皮纸袋

---

[1] 它们连壳一起吃掉,原文 They eat them with the shells on。其中 they 和 them 都包含 /th/。

上。"皮奥德尔钟爱香蕉,"巴蒂斯塔博士透露道,"我总跟他讲苹果的好,但他哪会听?"他也打开了自己的午餐袋,拿出他的苹果。"果胶!果胶呢!"他对着皮奥特尔说道,拿着苹果在他鼻子底下晃。

"香蕉是不可思议的食物。"皮奥特尔一边平静地说道,一边抓起自己的香蕉开始剥皮。凯特注意到,他的脸几乎就是个六角形——宽大的颧骨让脸颊两侧各突起一个角,棱角分明的颌骨斜下来交于下巴的尖角,构成另外两个角,最后是额头中央分叉开的两股长发,形成最上面那个角。"还有鸡蛋,"他又说道,"母鸡下的蛋!自给自足,精妙绝伦。"

"凯特每晚临睡前都帮我做好三明治,"巴蒂斯塔博士说,"她很会做家务。"

凯特眨了眨眼。

"然而,是花生酱的。"皮奥特尔说。

"嗯,是的。"

"是啊,"皮奥特尔说着叹了口气,怨念似的望了她一眼,"但不管怎么说都足够好[1]了。"

"你该见见她妹妹。"

凯特说:"哦!父亲!"

"怎么了?"

"这个妹妹在哪儿?"皮奥特尔问道。

---

[1] 原文为"pretty enough",既有"很足够"之意,又有"很漂亮"的意思。皮奥特尔这里可能是一语双关。

"呃，邦妮才十五岁。她还在上高中呢。"

"好吧！"皮奥特尔说道，目光重新回到凯特身上。

凯特断然滑动座椅退到后面，然后站了起来。"别忘了带饭盒回家。"她对父亲说道。

"什么！你这就走了？怎么这么快？"

但凯特只说了声"拜"——主要是对皮奥特尔说的，他正目不转睛地打量着她——就大步朝门走去，一把将门推开。

"凯瑟琳，最亲爱的，别这么急匆匆的！"父亲也站了起来，"哦，亲爱的，这下全搞砸了！皮奥德尔，她只是太忙了。我从来没法让她坐下来歇口气。我有没有告诉过你，我们全家上上下下都是她一手操持的？她很会做家务的。哦，我已经说过了。而且她还有份全职工作，我有没有告诉过你她是学前班老师？她教小孩子特有一套。"

"你为什么要这样说我？"凯特质问道，转向父亲，"你是怎么了？我讨厌小孩子，你知道的。"

皮奥特尔又发出了一声怪叫。他正咧着嘴抬头朝她笑着。"你为什么讨厌小孩子？"他问她。

"这个嘛，或许你也注意到了，他们可不大聪明。"

他又怪叫了一声。这个声音，加上他手里拿的香蕉，让她觉得他活像只黑猩猩。她猛地转身，阔步走开，砰的一声关上门，两步并作一步地走上楼梯。

她听到门在身后再次被打开了。父亲喊道："凯特？"她听到父亲跟着爬上楼梯的脚步声，但她继续大步前进，直朝房子前部走去。

踩上地毯后,他的脚步声变得轻柔了。"我只是来送送你,这样不好吗?"他在她身后喊道。

送送她?

但她在走到前门时停了下来。她转过身看着他朝她赶来。

"我把事情给搞砸了。"他说。他用一只手掌抚摸着自己的脑壳。他身上那件工装连体裤是均码的,中间部位特别肥大,让他看上去像个天线宝宝。"我不是故意惹你生气的。"他说。

"我没生气,我是……"

但她没法说出"受伤了"这三个字,因为她可能会抑制不住涌出眼泪。"我受够了。"她这样说道。

"我不明白。"

对此她其实并不怀疑。接受事实吧:他确实摸不着头脑。

"那你刚才到底在搞什么?"她双手叉腰,质问道,"你为什么对那个助理表现得那么……奇怪?"

"他可不是'那个助理'。他是皮奥德尔·施谢尔巴科夫,有他帮我做事是非常幸运的。他周日还到实验室来!经常这样。况且,他过来都快有三年了,所以我觉得你至少应该知道他的名字。"

"三年了?那恩尼斯呢?"

"老天啊!恩尼斯!恩尼斯都是上上个助理了。"

"噢。"她说。

她不知道他今天怎么这么容易激动。平时他说起助理时都不是这样的——事实上,平时他说起任何事情时都不会如此。

"我好像就是很难留住他们,"他说,"可能是因为在外人看来,我的项目不是很有前景吧。"

他以前从未承认过这点,尽管凯特经常会有这样的猜想。她突然同情起他来。她放下双手,垂在身体两侧。

"我千辛万苦才把皮奥德尔挖来我们国家,"他说,"不知道你发现没有。当时他才二十五岁,然而但凡在自体免疫领域有所成就的人都已听说过他。他非常聪明。他拿到的是 O-1 签证,这在如今可不多见啊。"

"嗯,挺好的,父亲。"

"O-1 就是杰出人才签证。就是说他具备某种我们国家的人所不具备的杰出技能或知识,而我所从事的正是一种杰出的研究,所以我需要他。"

"这是好事。"

"O-1 签证的有效期是三年。"

她伸出手来抚摸着父亲的额头。"当然了,你总在担心你的项目。"她说,希望自己听上去是在给他鼓劲,"但我打赌一切都会好起来的。"

"你真的这么认为?"他问。

她点了点头,笨拙地轻拍着他的臂膀,这一举动一定是他始料未及的,因为他看上去一副受宠若惊的样子。"我很肯定,"她对他说,"别忘了把三明治盒带回家。"

她推开前门,走入阳光里。"信佛的基督徒"那里的两个女人正坐在台阶上,交头接耳聊得正欢。她们因为什么事而笑得前仰后合,一开始都没注意到她,不过接着两人就各移到一边,腾出位置让她过去。

第二章

四岁班教室里,几个小姑娘正在玩分手游戏。一个芭蕾女郎娃娃要和一个水手娃娃分手。"我很抱歉,约翰,"她用清脆、一本正经的语气说道——实际上是吉莉的声音——"但我爱上了别人。"

"谁?"水手娃娃问。是艾玛·G在替他发声,她正抓着娃娃小小的蓝色水手服的腰身,把它举在空中。

"我不能告诉你,因为他是你最好的朋友,你知道了会伤心的。"

"好吧,这可真蠢,"艾玛·B在一旁说道,"现在他怎么着都是知道了,因为你说了是他最好的朋友。"

"但他也可以有一帮最好的朋友啊。"

"不,不可能的。如果是'最好'的话。"

"不,可以的。我,我就有四个最好的朋友。"

"那你可真是个怪人。"

"凯特!你听见她刚才管我叫什么了吗?"

"有什么好在意的?"凯特反问。她此刻正在帮雅米莎把她画画时穿的罩衫脱下来,"跟她说她才是怪人。"

"你才是怪人。"吉莉对艾玛·B说。

"我不是。"

"你就是。"

"我不是。"

"凯特说你是，才说了的！"

"我可没说。"凯特说。

"你说了。"

凯特本想说"我没说"，但临时改成了："好吧。不管怎么说，可不是我挑起来的。"

她们围聚在摆放娃娃的教室一角——七个小女孩和萨姆森家的双胞胎男孩，雷蒙德和大卫。在另一角，剩下的六个男孩全围在一张沙盘边上，他们设法将沙盘改造成了游戏场，在远处一端放上中空的吉露果冻金属模型，用一个塑料勺子把乐高积木弹进模型的凹槽里。大多数时候都没人能射中，但只要有谁进了一次，顿时就会呼声雷动，男孩们你推我挤，争着要抢那勺子，都想自己也试上一把。

凯特本该走过去让他们安静点，但她没有这样做。就让他们在疯玩中耗掉点气力吧，她想着。再说，其实她也并非这里的教师，她只是教师的助理，和教师差得远了。

查尔斯村小朋友学校是四十五年前由埃德娜·达令夫人创建的，她现在仍是这儿的掌管者。教师们莫不年事已高，都需要有个助理——每人配备一位助理，带两岁班的教师更为辛苦，所以每人有两位助理——毕竟她们都这把年纪了，谁还能指望她们满屋子地追着一群小坏蛋跑呢？学校建在阿洛伊休斯教堂的底层，但它的主体部分是在地上的，一对双开门正朝操场敞开，因此教室里总是阳光遍洒，欢声笑语。离门最远的一角用墙隔开了，辟出一间教师休息室，那些上了年纪的女人成日在那里饮茶品茗，聊着自个儿身体如何大不如前。有时助理们也会大着胆子走进休息室喝上一杯，或是借用一下那里尺寸适合成人使用的水池和马桶，然而她们总有种闯入了一场私人会面的感觉，因此，即使教师们都很和气，她们也大多不会久留。

说得好听点，凯特从未想过自己会在学前学校工作。只是因为她在上大学二年级时曾向植物学教授指出，他对光合作用的解释"愚不可及"。那之后麻烦便接踵而至，最后她被请出了学校。她当时很担心父亲对此的反应，没想到他在听完整件事的来龙去脉后对她说："嗯，你说得对，这就是愚不可及。"于是事情就这么结束了。她回到家里，无事可做，直到她的塞尔玛姨妈出手相助，帮她在学前学校谋得了一个职位（塞尔玛姨妈是学前学校的委员会成员，她是好多机构的委员会成员）。理论上，凯特可以在第二年申请重返大学，但不知为何她没有申请。她父亲可能甚至都没有意识到她有这一选择，况且，有她在身边料理家务、照看妹妹，他自然会轻松不少。彼时她的妹妹才五岁，但已常常使他们那位年迈的管家智穷力竭。

凯特辅助的那位教师名叫昌西夫人（助理们对所有教师都称"夫人"）。她是一位肥胖无比的富太太，她管教四岁孩子的年数，比凯特这辈子活过的年数还多。平时她对这些孩子都是非常温和，睁只眼闭只眼的，但要有谁不听话了，她就会说："康纳·菲茨杰拉德，我知道你在打什么鬼主意！""艾玛·格雷，艾玛·威尔斯，眼睛向前看！"她觉得凯特太由着他们了。如果有个孩子拒绝在"安静休息时间"躺下来睡觉的话，凯特只会说："好吧，那你就这样吧。"然后自己气呼呼地重步走开。这时,昌西夫人便会不无责备地瞪她一眼,然后对那孩子说:"有人没按凯特小姐说的做。"每当此时,凯特总觉得自己像个冒名顶替者。她有什么资格命令孩子睡午觉呢?她连一丁点儿权威也没有,所有孩子都知道这点。在他们眼里,她似乎只是一个长得特别高,比他们自己还要喋喋不休的四岁小孩。她来学前学校工作的这六年里,学生们从未称她为"凯特小姐"。

凯特也时不时地想另谋职业,然而从未有过结果。老实说,她面试的表现的确不尽如人意。再说了,她也想不出自己除了学前学校助理还能做什么。

大学时宿舍是男女混住的,有一回,她被拉去公共休息室一起下国际象棋。凯特不太擅长下象棋,但她胆大气粗,不循常规,竟使对手很长时间都处于守势。一小群和她一个宿舍楼的同学围在桌边观战,但凯特并没有注意他们,直到她听见有个男生在她身后小声对旁边的人嘀咕。"她啊,毫无计划。"他是这么说的。事实上他说的是对的。不出一会儿她就输了。

直到现在,她还会时常在早上步行去学前学校的路上想起这句话。帮孩子们脱靴子,帮他们刮掉嵌进指甲里的彩泥,给他们膝盖上贴上创可贴,再帮他们重新穿上鞋子。

她啊,毫无计划。

午饭是土豆泥意面。和往常一样,凯特坐在一张餐桌的上座,昌西夫人坐在餐厅另一边一张餐桌的上座,一个班的学生分坐两桌。孩子们入座前先得伸出手来,先是手背再是手心,让凯特或昌西夫人过来一一检查。接着所有人坐下来,昌西夫人用叉子叮咚一声轻敲杯子，大声说道："祷告时间！"孩子们纷纷低下头来。"亲爱的主，"昌西夫人提高音量说道，"感谢您赐予我们食物和这些稚嫩的可爱的面孔。阿门。"

凯特这一桌的孩子们立刻生龙活虎起来。"凯特刚才是睁着眼的。"克洛伊对其他人说道。

凯特说："是吗？那又怎样，头号虔诚小姐？"

萨姆森双胞胎听了咯咯地笑起来。"头号虔诚小姐。"大卫兀自念了一遍，好像是想记住这话以便今后能用上。

"如果你在祷告时睁着眼的话，"克洛伊说，"上帝会觉得你没有心怀感恩。"

"是吗？我确实没有心怀感恩，"凯特说，"我不喜欢这面。"

一片愕然的寂静。

"你怎么能不喜欢这面呢？"最后贾森开口发问。

"闻上去有股子湿乎乎的狗肉味，"凯特说，"你难道没觉得吗？"

"咦！"所有人都叫起来。

他们低下头凑近盘子闻了闻。

"是吧？"凯特问。

他们面面相觑。

"没错。"贾森说。

"就好像他们把我家的狗弗里茨放进了一个大蟹锅里给煮了似的。"安特万说。

"哕！"

"但胡萝卜还不错，"凯特说，她开始后悔自己挑起了这话茬，"继续吃吧，大伙儿。"

有几个孩子拿起了叉子。多数孩子却没动。

凯特把手伸进牛仔裤口袋里，掏出一条牛肉干。以防午饭难以下咽，她总会随身带一条牛肉干。她在吃方面是颇为挑剔的。她用牙齿咬下一块，开始咀嚼起来。幸运的是，没有一个孩子喜欢吃牛肉干，除了艾玛·W，而她此刻正埋头吃着意面，于是凯特便不用与人分享了。

"周一快乐，孩子们！"达令夫人说道，她正挂着她的铝制拐杖颤颤巍巍地走到他们桌子这边。她保持着这样一个习惯，即总会在每一组孩子用餐过程中的某一时刻走进餐厅，而且她总能把一周五天融进招呼语中。

"周一快乐，达令夫人。"孩子们咕哝道，凯特此时则悄悄地把还在满口咀嚼的牛肉干塞进了左边的腮帮子里。

"怎么只有这么少人在吃饭？"达令夫人问道。什么事都逃不过她的法眼。

"面条闻起来像湿乎乎的狗肉。"克洛伊说。

"像什么？老天啊！"达令夫人将那只满是皱纹和老年斑的手按在垂挂下来的胸脯上。"我听出来，你似乎忘记了'好话原则'，"她说，"孩子们，有谁能告诉我'好话原则'是怎么说的吗？"

没人吭声。

"贾森？"

"如果你说不出什么好话，"贾森咕哝道，"那就什么都别说。"

"'什么都别说。'这就对了。有没有人能对我们今天的午餐说点好话？"

寂静。

"凯特小姐？你能说点好话吗？"

"那个，午餐显然……油光发亮的。"凯特答道。

达令夫人久久地看着她，目光凛然，然而她只说了一句："行吧，孩子们。用餐愉快。"接着便重步走开，到昌西夫人那桌去了。

"跟油光发亮的湿乎乎的狗肉一样油光发亮。"凯特小声对着孩子们说道。

孩子们爆发出尖声大笑。达令夫人站住了，然后撑着拐杖原地转过来。

"对了，凯特小姐，"她说，"今天'安静休息时间'你能到我办公室来一趟吗？"

"当然可以。"凯特说。

她终于咽下了那口牛肉干。

孩子们一个个瞪大了眼睛转向她。即使才四岁，他们也都知道被叫去办公室可没什么好事。

"我们喜欢你。"片刻之后贾森说道。

"谢谢，贾森。"

"我和我弟弟长大后，"大卫·萨姆森说，"我们要娶你。"

"是吗？谢谢你。"

接着她轻拍双手，说："知道吗？今天的甜点是曲奇饼冰激凌哦。"

孩子们小声地发出"嗯"的应答声，但看上去仍都一脸担忧。

五岁的孩子们才刚刚吃完冰激凌，便站在餐厅门口，互相打闹起来，整个队伍歪歪扭扭的。他们一个个人高马大，犹如令人胆寒的巨人，对于凯特而言，他们似乎是闯入她小小世界的异类，尽管就在去年他们还是她带的四岁班学生。"我们走吧，孩子们！"昌西夫人一边高声说道，一边吃力地站起身来，"我们让人家等着啦。对华盛顿夫人说谢谢。"

"谢谢您，华盛顿夫人。"孩子们异口同声地说道。华盛顿夫人此刻站在通往厨房的门边，听到后她微微一笑，仪态尊贵地点了点头，用手在围裙上擦了擦。（小朋友学校十分重视举止礼仪）四岁孩子勉强排成一队，鱼贯而出，经过五岁孩子身边时，他们一个个畏畏缩缩，恭恭敬敬，大气不敢出。凯特走在最后，经过五岁班助理乔治娜身边时，低声对她说："我得到办公室去一趟。"

"哎呀！"乔治娜说，"好吧，祝你好运。"她很年轻，长着一张可人的脸蛋，两颊粉扑扑的，已经怀上了第一个孩子，肚子大得出奇。她肯定从来不会被叫到办公室去，凯特在心里打赌。

回到四岁班教室，她打开储物柜，拖出成堆的铝制小床，孩子们等会儿要在上面睡午觉。她将一张张小床在屋子里放好，然后将孩子们放在自己小壁橱里的枕头和毯子都分发下来。她还一如往常地阻挠了四个最饶舌的女孩子想要一起睡在一个角落里的企图。在"安静休息时间"，昌西夫人一般都会待在教师休息室，然而今天她吃完午饭回到了四岁班教室，此刻在她的桌子前坐下，从自己的帆布包里拿出一份《巴尔的摩太阳报》来看。她肯定已经听说凯特被达令夫人叫到办公室去的事了。

利亚姆·D说自己不困。他每天都重复同样的话，可是快到操场玩耍时间的时候，偏偏就是他，每次还睡得跟昏死过去似的，凯特小姐好容易才能叫醒他。她把毯子的边缘叠到他身下，他喜欢这样——一条白色的法兰绒毯子，上面有两条黄色的条纹；如果身边没有别的男孩会听到的话,他至今仍管它叫"毯毯"。吉莉则需要凯特帮她把马尾辫放下来,这样发夹就不会在她躺下时刺到她脑袋。凯特把发夹放到吉莉的枕头底下,对她说:"记住放在那里,这样你醒来时就能找到了。"到时候她应该能回到教室提醒她,但是万一她回不来了呢?万一达令夫人叫她立即收拾东西走人呢?她轻轻地抚摸着吉莉的头发,帮她解开辫子——浅棕色的头发,摸起来如丝缎般柔软,上面有宝宝洗发水和彩色画笔的味道。她没法再陪着他们,帮助安特万解决被人欺负的小小烦恼,也永远不会知道艾玛·B会如何和她即将在六月从中国过来的新妹妹一起生活。

她不是真的讨厌孩子。至少有些孩子她还是挺喜欢的。她只是不是所有孩子都喜欢,就好像他们是一模一样的个体,清一色地属于某个微小门类或是什么的。

但当她对昌西夫人说"马上回来"时,语调却是轻快活泼的。

昌西夫人只是朝她笑了笑(是她并不知情,还是暗含同情?),把报纸翻过页去。

达令夫人的办公室挨着二岁班教室,这里的孩子太小了,为了防止他们从床上滚下来,他们是睡在地板的垫子上面而不是小床上的。他们的教室里灯光暗淡,透过门上唯一的玻璃能望见里面,那里似乎弥漫散溢着一种浓密厚重、有意为之的寂静。

透过达令夫人办公室门上的那块玻璃,能看见她正坐在桌边一边打电话,一边迅速翻阅着一沓纸。然而凯特一敲门,她就立刻说声"拜拜"后挂了电话。"进来。"她说。

凯特走了进去,跌坐在桌子对面的一把直背椅上。

"我们终于估算出了换掉那块弄脏的地毯所需的成本。"达令夫人对她说。

"嗯。"凯特说。

"然而,问题是,地毯为什么会弄脏?很明显,是因为某种疏忽,除非我们找出这一疏忽,否则换上一块新地毯就是毫无意义的。"

对此凯特无话可说,所以她就没吭声。

"好吧,"达令夫人说道,"这事儿就说到这里吧。"

她动作麻利地叠好那堆纸,把它们装进一个文件夹里。然后她伸手去拿另一个文件夹。(是凯特的文件夹吗?会有凯特的文件夹吗?里面究竟会有什么呢?)她打开文件夹,盯着最上面那张纸看了一会儿,然后透过眼镜镜框的边缘凝视着对面的凯特。"那么,"她说,"凯特,我是在想,你到底,会怎样评价自己在这里的表现?"

"我的什么?"

"你在小朋友学校的表现。你的教学水平。"

"噢,"凯特说,"我不知道。"

她指望用这一回答勉强对付过去,然而达令夫人继续盯着她看,显然是等着她说点什么,于是她只好加上一句:"我是说,其实我并不是老师,我是一名助理。"

"什么?"

"我只是助理。"

达令夫人继续盯着她看。

"但我觉得我做得还不赖。"凯特最后说道。

"是的,"达令夫人说,"大多数时候,确实不赖。"

凯特试图不流露出惊讶的神情。

"事实上,我可以说孩子们看上去很喜欢你。"达令夫人说。

她未说出"不知出于何种神秘的原因",然而这话却静静地悬浮在房间里。

"不幸的是,我不认为他们的父母是这样想的。"

"噢。"凯特说。

"以前也提过这个问题,凯特,你还记得吗?"

"是啊,我记得。"

"我和你就此讨论了一下。是相当严肃的讨论。"

"是的。"

"刚才是克罗斯比先生——雅米莎的父亲。"

"他怎么了?"凯特问。

"他说他周四找你谈了下,"达令夫人拿起最上面那张纸,正了正眼镜查看起来,"周四早上,他送雅米莎来上学的时候。他跟你说他想和你谈一下雅米莎吮吸拇指的问题。"

"吮吸手指。"凯特纠正她。雅米莎有吮吸中间两根手指的习惯,小拇指和食指则在两边竖起,好像在做"我爱你"的手势。凯特之前多次看到过这一手势。本尼·梅奥去年的时候就会这样做。

"吮吸手指。好吧。他让你每看到一次就制止一次。"

"我记得。"

"那你还记得自己是怎么回答的吗?"

"我说他不用担心。"

"就这么一句?"

"我说时间长了,她肯定会自己改过来的。"

"你说的是……"说到这里达令夫人照着那张纸大声念起来,"你说,'很可能不出多久她就会自己改掉的,一旦她的手指长长到把自己的眼睛都给戳出来。'"

凯特笑起来。她都没意识到自己当时回答得如此机智风趣。

达令夫人说:"你觉得克罗斯比先生听了这话会是什么感受?"

"我怎么会知道他什么感受?"

"你可以试着猜一下,"达令夫人说,"但我还是直接告诉你吧,为什么不呢?这话让他觉得你……"她再次大声朗读起来,"……非常轻浮,傲慢无礼。"

"噢。"

达令夫人放下那张纸。"有朝一日,"她对凯特说,"我能想象你成为一位真正的老师。"

"真的吗?"

凯特以前从未注意到这里也会有职业阶梯。显然,到目前为止,并未有过此类先例。

"我能想象你管理一整个班级,等你成熟以后,"达令夫人说,"但是凯特,我所说的'成熟',并不仅仅指年龄上的增长。"

"噢,不是的。"

"我是说你需要具备某些社交技能。某种策略,某种克制,某种圆滑的技巧。"

"好的。"

"你明不明白我在说什么?"

"策略,克制,圆滑。"

达令夫人端详了她片刻。"因为如果你不具备的话,"她说,"我不能想象你能继续待在我们这个小小的地方,凯特。我希望可以想象。看在你亲爱的姨妈的分上,我希望把你留下来,但你现在的状况是不尽如人意,甚至岌岌可危的,我希望你明白这一点。"

"明白了。"凯特说。

达令夫人看上去仍不放心,但停顿一下后她说:"很好,凯特。你走的时候请把门开着。"

"当然,达令夫人。"凯特答道。

"我觉得自己进入考察期了。"凯特对三岁班的助理娜塔莉说。她俩并肩站在操场上,管着玩跷跷板的孩子,确保没人受伤。

娜塔莉说:"你不是已经在考察期了吗?"

"噢,"凯特说,"或许你说得对。"

"你这次是犯了什么事呢?"

"我侮辱了一位家长。"

娜塔莉做了个鬼脸。她们对家长都有同样的感觉。

"就是一个神经质的控制狂老爸,"凯特说,"一心想把自己孩子调教成小小完美小姐。"

可就在这时,亚当·巴恩斯带着他的几个两岁学生过来了,于是娜塔莉赶紧转开了话题。(每当亚当在场时,她总会试图展现好脾气的样子)"怎么了?"他问她们。娜塔莉说:"没什么大事。"而凯特则只是傻乎乎地冲着他傻笑,把手塞进牛仔裤口袋里。

"格雷戈里想玩一玩跷跷板,"亚当说,"我就跟他说没准哪个大孩子会让他玩一次。"

"当然可以!"娜塔莉说。"唐尼,"她叫道,"你能让格雷戈里玩一小会儿跷跷板吗?"

换作亚当以外的其他人,她可不会这么做。孩子们应该要学会耐心等待——即使是两岁的孩子。凯特眯起眼睛盯了她一眼,然后听到唐尼回答:"可我才刚坐上!"

"噢,是这样啊,"亚当立刻插进来说,"那就不公平啦。格雷戈里,你不想不公平地对待唐尼,是吧?"

然而似乎格雷戈里正是想这样做。他瞬间泪眼汪汪,下巴开始颤抖起来。

"我知道了!"娜塔莉说,语气热情过头,"格雷戈里,你可以和唐尼一起骑!唐尼当你的大哥哥,和你一起骑跷跷板!"

凯特感觉自己要吐出来了。她差点就要做出把手指伸进喉咙里的手势,但她忍住了。幸亏亚当这会儿没往她这边看。他正在帮着格雷戈里坐上唐尼前面的位子,对此安排唐尼至少并无异议,然后他又走到另一头,把一只手搭在贾森后面,增加重量以保持平衡。

亚当是学校里唯一的男助理,这个英语专业的年轻人长得高高瘦瘦,面目和善,深色的头发乱蓬蓬的,唇上长着弯弯的胡子。达令夫人似乎觉得当初聘用他是个相当大胆的决定,尽管当时大多数学前学校都是有多名男性教职工的。达令夫人先是让他带多数是男生的五岁班,这个班也叫预备班,因为那里的孩子已经到了上幼儿园的年纪,只是最好再接受一年的社会化训练。达令夫人觉得,男教师应该能让这个班纪律严明、组织有序。然而,亚当实际上是个非常温和的男人,对孩子们轻声细语、关怀备至,于是进来后才做了半年,达令夫人就让他和乔治·安娜换了岗位。

现在他心满意足地照顾着两岁孩子，帮他们擦鼻涕，安慰偶尔吵着想要回家的孩子，每天快到"安静休息时间"时，都能听到他一边漫不经心、催眠般地弹着吉他，一边用含混不清、略带沙哑却盖过吉他的声音唱着摇篮曲。与多数男人不同，他比凯特高出一大截，然而不知为何，只要有他在场，她总觉得自己个头太大，笨拙难看。她会瞬间渴望自己能够温柔一点，娇贵一点，淑女一点，然而却每每因为自己缺乏优雅而羞赧汗颜。

她暗自希望自己有个母亲。当然了，她曾经有过母亲，但她希望的是有个教会她如何更好地为人处世的母亲。

"在'安静休息时间'我看见你经过我们教室，"亚当一边帮孩子们玩跷跷板一边对她说道，"达令夫人对你有意见？"

"不是……"她说，"你知道的。我们只是在讨论一个我关心的孩子的问题。"

娜塔莉用鼻子哼了一声。凯特瞪了她一眼，于是她又做出一脸夸张的"噢，我错了"的表情。如此显然易见，娜塔莉就是这样。每个人都知道她对亚当迷恋得不能自拔。

上周，全校沸沸扬扬地传着一件事：亚当送了索菲娅·沃森一个他亲手做的捕梦网。"哇哦！"每个人都惊叹道。但凯特觉得，他这么做可能只是因为索菲娅是和他一起带二岁班的助教。

策略，克制，圆滑。

策略和圆滑有什么区别？或许"策略"指的是礼貌地说话，而"圆滑"指的是根本就不说话。不过，"克制"不是包含这个意思吗？"克制"不是可以涵盖这三点吗？

人们习惯于挥霍语言,凯特注意到。他们说的话远超过必须说的。

她不紧不慢地走回家,因为天气很好。早上的时候还是冷飕飕的,后来便暖和起来,这会儿她没穿外套,而是把它随意地搭在肩头。走在她前面的是一对信步闲逛的情侣,女孩正在讲着一个很长的故事,故事的主人公是一位名叫琳达的女孩。凯特打算赶超他们两人。

她经过某户人家的花园时,看见大花盆里栽着浅蓝色的平凡的三色堇,她想着不知这花种在自己的后院里能否长得好。她家后院的光线不好。

她听到身后有人叫自己的名字。她回过头,只见一个浅色头发的男人正朝她奔过来,举着一只手臂好似在拦一辆出租车。她一时想不出这个人和自己有什么关系,然后认了出来,他就是父亲的那位研究助理。脱下了那身实验室外套,他好像变了个样:穿着牛仔裤和一件纯色灰毛线衫。"嗨!"他追上她时打招呼道。("凯。"听上去好像是这个音。)

"彼得……"她回应道。

"皮奥特尔。"

"最近怎样?"她问。

"我担心自己可能感冒了,"他对她说,"流鼻涕,还总是打喷嚏。昨天晚上开始的。"

"真糟糕。"她说。

她继续走路,他跟着她的脚步一起走着。"今天在学校还不错吧?"他问。

"还行吧。"

他们现在离那对年轻情侣只有一步距离了。"琳达就应该甩了那家伙,"女孩这样说着,"她和他在一起并不开心。"可那个男孩说:"哦,我不知道呢,我觉得她看上去挺好的啊。"

"你眼睛在哪里呢?"女孩问他,"每次他们在一起时,她都是看着他的脸,而他总是看向别处。所有人都发现这点了——帕斯蒂、宝拉和简·安——最后我姐姐看不下去了,直截了当地对琳达说。她说——"

皮奥特尔一下子抓起凯特的上胳膊,拉着她绕过前面两人。一开始她吓了一跳。他和她差不多高,但她却很难跟上他的脚步,然后她突然想,自己为什么要跟上他呢,于是她放慢了脚步。他也放慢了脚步。"你不是应该在工作吗?"她问他。

"是的!我只是出来走走。"

实验室离这里隔了两个街区,况且还是在相反方向,所以他一定是在乱说,但这也不关她的事。她瞟了一眼表。她喜欢赶在邦妮回来之前先回到家,虽说邦妮一个人在家的时候是不应该让男孩子过来的,但现在她有时就会这样干。

"我们国家有句谚语。"皮奥特尔说。

你们的谚语何止一句,凯特心想。

"我们说:'工作被分割成块时,比一次性完成更快更省力。'"

"挺上口的。"凯特说。

"这头发你养了多久了?"

话题的转换让她有些措手不及。"什么?"她说,"哦。可能从八年级开始的吧。我也不知道。我只是再也受不了那种喋喋不休的凯西[1]似的姑娘们了。"

"喋喋不休的凯西?"

"美容院里。聊啊,聊啊,聊啊。那种地方充斥着聊天。女人们还没坐下就开始聊起来——聊男友、丈夫、婆婆、室友、嫉妒的女友,还有仇怨、误解、罗曼史和离婚。她们怎么会有这么多话题可聊?我的话,从来想不出有什么可聊的。给我做头发的人也觉得我很没劲。最后我干脆走人,'搞什么。我以后再也不剪头发了'。"

"你实在是很迷人。"皮奥特尔说。

"谢谢!"凯特说,"对了,我要在这里拐弯了。你没发现实验室在后面那边吗?"

"噢!是在后面那边!"皮奥特尔说,他看上去似乎并不太介意,"好吧,凯特!再见!和你聊天很开心。"

凯特已经自顾自地走下另一条街道,只是挥了挥手臂,没有回头看。

还未走进屋里,凯特就听到了一个确凿无疑的男性声音。

"邦妮!"她用最严厉的语气喊道。

"在这儿呢!"邦妮叫道。

凯特一把将外套丢在客厅躺椅上,走进起居室。邦妮正坐在长躺椅上,一头花哨的金色卷发,一张天真无邪的脸,身上穿着

---

[1] 美国美泰玩具公司在1959—1965年间生产的一款会说话的娃娃,在六十年代的风靡程度仅次于同公司生产的芭比娃娃。这里,凯特是在抱怨。

远还不是当下季节穿的轻薄的露肩罩衫。隔壁明茨家的那个男孩就坐在她边上。

事态有了新发展。爱德华·明茨比邦妮大好几岁,是一个长得病恹恹的年轻人,下巴上留着参差不齐的浅褐色的胡子,凯特觉得简直像层苔藓。前年六月他就从高中毕业了,然而一直没上大学。他母亲说他得了"那种日本病"。"那是什么病?"凯特曾经问过她。明茨太太说:"得了这种病的年轻人,整天把自己关在卧室里,不肯重新面对生活。"爱德华倒是不只窝在卧室里,还喜欢待在围着玻璃的门廊里,门廊正对着巴蒂斯塔家餐厅的窗户,他们成天都见他独坐在那里的一把长椅上,抱着膝盖,嘴里抽着小得奇怪的香烟。

嗯,好吧,至少没有谈恋爱的危险(邦妮的必杀型是踢足球的)。尽管如此,还是家有家规,于是凯特说:"邦妮,你知道你不应该一个人在家的时候招待客人的。"

"招待客人?"邦妮大叫起来,眼睛瞪得圆溜溜的,一脸茫然。她举起膝盖上摊着的一本线圈本:"我在上西班牙语课呢!"

"你真的是在上课?"

"我问过爸爸的,记得吗?麦吉利卡迪夫人说我该请个辅导老师,然后我问了爸爸,他说好的,记得吗?"

"记得,可是……"凯特开口。

记得,可是他指的肯定不是让这个邻居家的瘾君子来教。然而凯特忍住没说(圆滑)。她转向爱德华,问他:"爱德华,你的西班牙语是特别流利吗?"

"是的,夫人,我上了五个学期。"他说。她不知道这个"夫人"

是自作聪明的幽默还是认真的称呼。不管怎样,这都让人生气:她还没那么老呢。他说:"有时,我甚至是用西班牙语思考的。"

邦妮听了这话,小声地咯咯笑起来。邦妮对什么事都喜欢咯咯发笑。"他已经教了我这么多了?"她说。

邦妮还有个恼人的习惯,就是喜欢把肯定句说成疑问句。凯特喜欢假装自己真以为她是在提问,以此表达不满,于是她说:"这我怎么知道,我刚刚又没和你们在一起。"

爱德华说:"什么?"

邦妮对他说:"无视她吧?"

"我每学期西班牙语课拿的都是A或A⁻,"爱德华说,"除了毕业那年,而那也不能怪我。我当时精神上有点压力。"

"好吧,不过,"凯特说,"邦妮是不能在没有别人在家的时候让男性访客进来的。"

"这真是太羞辱人了!"邦妮叫道。

"算你倒霉,"凯特对她说,"继续吧。我就待边上。"说完她就走开了。

在她身后,她听到邦妮小声嘀咕:"丑八怪[1]。"

"丑八婆——这名词词性是阴性。"爱德华装出老学究的语气纠正她。

两人爆发出一小阵偷笑声。

邦妮实际上远没有别人认为的那般可爱。

凯特甚至都从未搞懂为什么会有邦妮。她们的母亲——一位

---

[1] 原文为西班牙语。

弱不禁风、沉默寡言的女子，一头金粉色秀发，有着和邦妮一样的星辰般的眼眸——在凯特人生的头十四年里，永远出没于各种各样的所谓的"休息场所"。然后某一天，邦妮突然出生了。凯特很难想象，父母为什么会考虑再生一个。或许他们压根未加考虑，或许他们只是没头没脑地行一时之乐。然而这是更难想象的。不管怎样，第二次怀孕使塞娅·巴蒂斯塔心脏的某个毛病暴露出来，甚或这个毛病正是再次怀孕所导致的，然后在邦妮一周岁生日前夕，她去世了。对凯特而言，因为她从来都很少见到母亲，这也算不上什么变故。邦妮对母亲更是全无记忆，尽管她的有些动作不可思议地和母亲神似——比方说，矜持端庄地捂着下巴，还有动作优美地轻咬着食指指尖。这简直就像她从还在母亲子宫里的时候就开始观察母亲了。她们的塞尔玛姨妈总是说："哦，邦妮，我发誓，一看见你我就要哭起来了。你怎么那么像你可怜的母亲啊！"

然而凯特却一点儿也不像她们的母亲。她肤色偏深，骨架很大，笨手笨脚。要是她轻咬指尖的话，一定显得滑稽可笑，而且也从未有人叫她甜心。

凯特是个丑八婆[1]。

"凯瑟琳，亲爱的！"

凯特吃了一惊，从炉边转过身。她父亲站在门口，脸上挂着灿烂的微笑。"今天过得怎样？"他问她。

"还算过得去。"

---

[1] 原文为西班牙语。

"一切都好?"

"就那样吧。"

"棒极了!"他仍然站在门口。一般来说,他从实验室回来时都是满怀心事的,脑子里还想着白天在研究的问题,但今天他可能是取得什么突破了吧。"你是走着去上班的,我猜。"他说。

"嗯,当然。"她说。她一般都是步行,除非天气实在太糟。

"那你走回来的路上也挺开心的咯?"

"是啊,"她说,"对了,我碰到你的助理了。"

"真的吗?"

"是啊。"

"太棒了!他怎么样?"

"他怎么样?"凯特重复道,"你难道不知道他怎么样?"

"我是说,你们俩聊了什么?"

她试图回忆。"头发?"她说。

"啊。"他继续微笑,"还有呢?"最后他问。

"就这样了,我想。"

她转身回到炉边。她正在加热他们每天晚上吃的大杂烩。他们管这个叫肉糜,但主要材料其实是干豆角、绿色蔬菜和土豆,每周日傍晚她还会加一点炖牛肉,所有这些混合搅拌成一种浅灰色的糊状物,他们一周七天都吃这个。这是她父亲发明出来的。他想不明白为什么人们不全都采用这一做法,大杂烩提供了人体所需的所有营养物,还节省了大把时间,免去了动脑筋的麻烦。

"父亲,"她说,一边调小了电炉火力,"你知道邦妮让爱德华·明茨当她西班牙语辅导老师的事吗?"

"爱德华·明茨是谁？"

"隔壁的爱德华，父亲。今天下午我下班回家时，他就在这里。就在我们家里，顺便提一句，你应该记得这是违反我们家的家规的。况且我们还不知道他到底会不会教书呢。我甚至不知道，她是怎么跟他说我们会支付报酬的。这事她和你商量过吗？"

"嗯，我想她……是的，我好像想起来了，她说过她西班牙语学得不怎么样。"

"是说过，然后你说她应该去找个辅导老师，但她为什么不去那个帮她介绍数学和英语老师的机构问问呢？为什么要聘用一个邻居家的男孩呢？"

"她一定是有她的理由。"她父亲说。

"我不知道为什么你会这么想。"凯特对父亲说。她用勺子敲着炖锅的一边，让一块粘在上面的肉糜掉下去。

父亲对于一般人的日常生活简直一无所知，这一点总是让她惊叹不已。这个男人生活在真空当中。他们的女管家以前常说，这是因为他太聪明了。"他有非常重要的事情要想，"她会这么说，"消除全世界的疾病之类的。"

"嗯，那也不代表他就不能同时想想我们呀，"凯特说，"就好像他的那些老鼠比我们还重要！好像他根本就不关心我们！"

"哦，他当然关心了，亲爱的！他关心的。他只是不会表达而已。就好像他……从来没学过表达关心的语言之类的。好像他来自另一个星球。但我保证他是关心你们的。"

他们的女管家肯定彻头彻尾赞同达令夫人的"好话原则"。

"我那天提到过皮奥德尔的签证问题，"她父亲说，"我不太确定你有没有完全明白这个问题。他的签证有效期是三年。他在这儿已经待了两年零十个月了。"

"嘘,"凯特说,她关灭炉子,抓着两边的握柄端起炖锅,"让一让。"

他退到门外。她从他身边经过,走进餐厅,把炖锅端到常年放在餐桌正中央的三脚架上。

尽管餐厅里有不少她母亲的祖辈们留下的家具,风格雅正,然而自她去世以后,这儿便开始变得混乱无序起来。橱柜的银餐具上堆满了维生素瓶、开封的信件和各种各样的办公用品。餐桌的一端乱糟糟的,上面放着一叠发票、一个计算器、一本记账簿和一沓个税申报表。报税的事一般都是凯特负责的,此刻她满怀不安地瞥了父亲一眼,后者紧跟着她走进了餐厅。离报税截止日已经没剩下几天了,然而父亲一心想着自己的事。

"你看到困难了吧。"他说。他又跟着她回到厨房。她从冰箱里拿出一盒酸奶。

"让一让。"她再次说道。

他又跟着她再次来到餐厅。他的两只手握成拳头揣在工装连体裤前面的两个深口袋里,让他看起来好似揣着个热水袋。"再过两个月,他就要被驱逐出境了。"他说。

"你就不能帮他续签吗?"

"理论上,我能这么做。但一切都在于谁为他申请续签——在于这个人的项目是否足够重要,但我怀疑有些同事觉得我的项目已经没戏了。不过,他们知道什么,对吧?我这次就快成了,我真的能感觉到:我就快发现唯一的、统一的解决自体免疫紊乱的钥匙了。然而，移民局还是会说，没了他我照样可以进行研究。自从'9·11'以后，移民局就变得不可理喻了。"

"哎。"凯特说。他们又回到了厨房。她从台子上的果盆里挑了三个苹果，问："那么你要找谁来替代他呢？"

"替代！"她父亲叫道。他盯着凯特看。"凯特，"他说，"他可是皮奥德尔·施谢尔巴科夫！既然我和皮奥德尔·施谢尔巴科夫共事过，我就再也不能接受其他人了。"

"好吧，但听起来你似乎不得不接受其他人。"凯特说。"让一让。"她又说了一遍。她回到餐厅，在每个盘子上分别放一个苹果，她父亲依然跟在她身后。

"我要完了，"她父亲说，"我完蛋了。我还不如干脆放弃研究算了。"

"老天啊，父亲。"

"除非，或许，我们可以给他……换一个身份。"

"噢，好啊。给他换一个身份。"

她从他边上擦身而过，走到外面的客厅。"邦妮，"她朝楼上喊道，"吃晚饭了！"

"我们可以把他的身份换成'一位美国人的配偶'。"

"皮奥特尔和一个美国人结婚了？"

"嗯，现在还没。"她父亲说，他跟着她重新回到餐厅，"但他长得帅气逼人，我觉得。你不同意吗？我们楼里那么多女孩子，总喜欢找各种理由跟他聊天。"

"那么他可以娶一个你们楼里的女孩吗？"凯特问道。她在自己位置上坐下，抖开餐巾。

"我觉得不行,"她父亲说,"他不……很可惜,他们也就聊聊天,从未有进一步发展。"

"那么和谁呢?"

她父亲在桌首坐下,清了清嗓子,然后说:"你,或许?"

"真有趣,"她对他说,"哦,那女孩到底在哪儿?伯尼丝·巴蒂斯塔!"她大声喊道,"赶紧下来吃饭!"

"我已经下来了,"邦妮说着出现在门口,"你用不着把我耳朵震聋。"

她在凯特对面的位置懒洋洋地坐下来。"嗨,老爸老爸。"她说。

长时间的沉默,其间巴蒂斯塔博士像是从深渊里挣扎着爬出来。最后他说:"哈啰,邦妮。"他的声音听起来忧伤而空洞。

邦妮朝凯特挑了挑眉毛。

凯特耸耸肩,拿起了手里的勺子。

第三章

"周二快乐,孩子们。"达令夫人说道,然后让凯特再到她办公室来一趟。

这次凯特没法在"安静休息时间"离开教室,因为今天昌西夫人生病没来。而且每逢周二,凯特还要负责放学后的"额外托管"。因此,她不得不从午饭时间起,一直惴惴不安地等待到下午五点半。

关于达令夫人找她所为何事,她一无所知。不过话说回来,她从来都很少知道。这个地方的规矩复杂而神秘!或是习惯,或是惯例,或是别的什么……比如说不能给陌生人看你的脚底板,或是类似的。她试图回想自己可能做错了什么事,可是从昨天下午到今天中午的这点时间里,她能做错什么事呢?她已经刻意避免与学生家长之间的交流了,而且她觉得达令夫人也不可能听说今天早上她因为拉不下安特万的外套拉链而小小发了顿脾气的事儿。"愚蠢的、活见鬼的、该死的现代生活。"她当时嘀咕道。但她咒骂的是生活,而不是安特万。安特万肯定明白这点。再说,他看起来也不像那种会跑去打小报告的孩子,即使他有机会这么做。

那是一条双拉链,就是那种可以拉开下面那头,而上面那头保持合拢的拉链,最后她不得不把整件外套从他头顶上拉出来,这才把它脱下来。她讨厌这种拉链。这真是种自以为是的拉链。它想要未经准许将你一切可能的需求一并解决。

她试图回想前一天达令夫人是如何斟词酌句地警告她的。她没说过"再犯一次错你就走人"之类的话，没有吧？是的，她说得更加婉转些。是大人们在吓唬孩子时总会用的那种意义含糊的"否则就……"，孩子们最终会明白，事情并不会像大人们说的那般严重。

达令夫人提到了"岌岌可危"这个词，她隐约记得。

要是没了工作，她每天能干些什么呢？显然她生活中除了工作外再无任何事情可做——没了工作，她都想不出每天早上还有什么起床的理由。

昨天在"展示与讲述"时间，克洛伊·史密斯讲了她上周末到一家宠物农场去玩的经历。她说她看到了一些小羊，凯特脱口而出："真幸运！"她特别喜欢羊。她问克洛伊："它们有没有在嬉戏玩耍，就像羊儿们在高兴时那样？"

"是的，它们当中有一些才开始学着飞呢。"克洛伊说。她的描述是如此实事求是，如此细致具体而又不动声色，凯特的内心因此激荡起一阵纯粹的快乐。

在你尚未意识到某样东西可能还值得珍视之前，你就不得不想象失去它的情景，真是好笑。

五点四十分的时候，最后一位母亲接走了最后一位孩子——五岁班的一位母亲，阿莫斯特夫人，她儿子在这里上了这么久的学，她从来都是迟到的——凯特给了她最后一个虚假的微笑，紧闭双唇，以防不小心说出任何会让自己倒霉的话。她挺直身子，深吸一口气，然后径直走向达令夫人的办公室。

达令夫人正在给她的室内植物浇水。这很可能是她为了打发时间想出的最后一招。凯特暗自希望她没有因为无所事事而变得暴躁易怒，如果凯特自己是等待的那个人的话，她就会这样。于是凯特首先道歉："我真的，真的很抱歉来迟了。全怪阿莫斯特夫人。"

达令夫人看起来对阿莫斯特夫人毫无兴趣。"坐吧。"她对凯特说，她自己一边理平身下的裙摆，一边在办公桌后坐下。

凯特坐了下来。

"艾玛·格雷。"达令夫人说。她今天显然是单刀直入。

艾玛·格雷？凯特脑中飞速闪过各种可能。然而就她所知，没有一种可能是对头的。艾玛·格雷从没惹过什么麻烦。

"艾玛问你四岁班上谁画画最好。"达令夫人说，她正查看她放在电话机旁的便签簿。"你说——"她接着一口气读完，"可能是贾森吧。"

"是的。"凯特说。

她等着听到关键句，但达令夫人放下了便签簿，仿佛她觉得刚才那个就是关键句了。她双手手指相扣，凝视着凯特，脸上带着"就是这样？"的表情。

"我就是这么说的。"凯特补充道。

"艾玛的母亲非常不安，"达令夫人对她说，"她说你让艾玛觉得自己不如别人了。"

"她就是不如别人，"凯特说，"艾玛什么都不会画。她问我真实的想法，我就诚实地回答了她。"

"凯特,"达令夫人说,"这里有太多点值得商榷,我都不知道该从哪儿开始了。"

"有哪里不对吗?我不明白。"

"好吧,你本来可以这样说:'哦,这个呀,艾玛,我从来没把艺术视为比赛。你们所有人都很有创造力,这让我激动极了!'你还可以说:'不管你们画什么,所有人都尽了最大努力。'"

凯特试图想象自己这样说话。然而她无法想象。她说:"但艾玛不会在意的。我发誓她不会的。她只说了一句:'哦,是啊,贾森。'然后就继续自顾自做事了。"

"她要是真不在意,就不会把这事告诉她母亲了。"达令夫人说。

"可能她只是没话找话。"

"孩子们不会'没话找话',凯特。"

按照凯特的经验,没话找话恰恰是孩子最喜欢做的事情之一,但是她说:"好吧,不管怎么说,那都是上周的事了。"

"你的意思是?"

对于这一问题,凯特的惯常回答是:"哎呀,可惜你错过了。"然而这次,她把这话咽了下去(练习克制这事有个扫兴之处,就是没人知道你正在练习克制)。

"所以我的意思是,我不是这两天说的那话,"她说,"那甚至都是我和雅米莎父亲那事之前的事了,是在我保证会改过自新以前。我是说,我记得自己做出的保证,并且正在努力改正。我现在表现得非常圆滑,非常有策略。"

"我很高兴听到你这么说。"达令夫人说。

她看上去将信将疑。但她也没告诉凯特她被炒了。她只是摇了摇头,对凯特说:"就到这里吧。"

凯特回到家时,发现邦妮把厨房搞得一团糟。她正在煎一块白色的什么东西,电炉的温度高得离谱,整个房子都弥漫着中国餐馆里那种烧过了头的油和酱油的味道。"这是什么?"凯特大声喝道,冲到她前面关小了火。

邦妮往后一退。"看在上帝的分儿上,别这么气冲冲的。"她说。她举起铲子,好像那是个苍蝇拍。"这是豆腐?"

"豆腐!"

"我要当素食主义者?"

"你在开玩笑吧!"凯特说。

"在我们国家,每小时就有六十六万无辜的动物为我们而死。"

"你怎么知道的?"

"爱德华告诉我的。"

"爱德华·明茨?"

"他从来不吃长着脸的东西?所以从这周开始,我要你别在我们的肉糜中加任何牛肉。"

"你想吃没有肉的肉糜。"

"这样更健康。你不知道,我们体内积攒了多少毒素。"

"你怎么不去入个什么教派呢?"凯特问她。

"我就知道你不会理解的!"

"哦,去准备餐桌吧。"凯特精疲力竭地说道,然后打开冰箱,拿出那锅肉糜。

邦妮不是一直这样愚蠢的。大概从十二岁那年起,她开始变得喋喋不休。这种改变甚至体现在她的头发上。以前她扎着两条得体大方的辫子，而现在好好的头发却变成了一大簇金色的短波浪卷，如果你站在合适角度的话，还可以透过她的卷发看见日光。她习惯于微启双唇，眼睛睁得大大的，一副天真无邪的样子。她穿的衣服也稚嫩得夸张，腰身高至腋窝以下，非常非常短的裙子裹在大腿边沿。凯特觉得，这些变化都和男孩子们有关——为了吸引男孩子。只是她为什么觉得青春期的男生会着迷于孩子气的打扮呢？尽管显然正是如此，邦妮的追求者多不胜数。在公众场合，她总是双脚撇成内八字走路，而且经常是踮着脚尖的，给人一种小心翼翼的感觉，尽管这种感觉实在是大错特错。然而私底下，比方此刻在厨房里，她还是以正常姿势走路的。她双手捧着一摞盘子重重地走进餐厅，咣咣地把它们分别放到桌子上。

凯特正从台子上的果盆里挑选苹果，这时她听到父亲走进前厅里。"我就告诉凯特一声，让她知道我们来了。"他这样说着，接着叫道："凯特？"

"什么？"

"是我们。"

她和邦妮交换了一个眼神，后者正在往一个盘子里倒一块豆腐。

"我们是谁？"她问道。

巴蒂斯塔博士出现在厨房门口，边上站着皮奥特尔·施谢尔巴科夫。

"哦，皮奥特尔。"她说。

"卡啰[1]！"皮奥特尔说。他穿着和昨天一样的灰色毛线衫，一只手里拿着个小小的牛皮纸袋。

"这是我的另一个女儿，邦妮，"巴蒂斯塔博士说道，"邦-邦，过来认识下皮奥德尔。"

"嗨，你好啊！最近怎样？"邦妮问他，浅笑嫣然。

"已经两天了，一直在咳嗽、打喷嚏，"皮奥特尔说，"还流鼻涕。是某种微生物，我觉得。"

"哦，真可怜！"

"皮奥德尔要和我们一起吃饭。"巴蒂斯塔博士宣布。

凯特说："他和我们一起吃饭？"

她本想提醒父亲，按照一般的规矩，人们都会提前通知主厨有客人要来，然而事实是在他们家里，从来没有什么规矩——以前从未有过这种情况。自打凯特记事以来，巴蒂斯塔家从未来过和他们共进晚餐的客人。邦妮已经招呼起来。

"好呀！"邦妮是那种觉得人越多越热闹的类型。她从洗碗机里又拿出一个干净的盘子和一套银餐具。与此同时，皮奥特尔把他的牛皮纸袋递给凯特。

"客人带来的礼物，"他对她说，"甜点。"

她从他手里接过纸袋，往里面瞧了瞧，纸袋里放了四条巧克力。"嗯，谢谢！"她说。

"百分之九十可可含量，含有类黄酮、多元酚。"

"皮奥德尔对黑巧克力情有独钟。"巴蒂斯塔博士说。

---

[1] 皮奥特尔发音不准，将"hello"念作"khello"。

"哦，我爱极了巧克力！"邦妮对皮奥特尔说，"我就像上瘾了，怎么都吃不够？"

凯特庆幸邦妮进入了滔滔不绝的状态，因为她自己不太有心情招待皮奥特尔。她从果盆里拿起第四个苹果，往餐厅走去，经过父亲身边时没好气地瞟了他一眼。他朝她一笑，搓了搓手。"多一个人陪陪！"他悄悄对她说道。

"嗯哼。"

她重回厨房时，邦妮正在问皮奥特尔最想念故乡的什么。她正抬头凝视着他的脸孔，眼神痴迷，手里还捧着新拿的餐具，歪着头示意自己在侧耳倾听，那样子活像是月度明星主妇。

"我想念腌菜。"皮奥特尔不假思索地回答。

"腌菜有那么让人着迷吗？"

"去将餐桌准备好，"凯特对邦妮说，"晚饭这就好了。"

"什么？等等，"巴蒂斯塔博士说，"我本来想可以先喝几杯的。"

"喝几杯！"

"在起居室里喝几杯。"

"对啊！"邦妮说，"我能喝点酒吗，老爸？就一点点儿？"

"不，你不行，"凯特对她说，"你即使不喝，大脑发育都已经够迟钝的了。"

皮奥特尔发出一声他惯有的怪叫。邦妮说道："老爸！你听到她说我什么了吗？"

"而且我是认真的，"凯特对他说，"我们请不起别的辅导老师了。还有，父亲，我都快饿死了。你今天回来得比平时还晚。"

"行吧，行吧，"父亲说，"对不起，皮奥德尔。恐怕还是主厨说了算。"

"没关系。"皮奥特尔说。

其实都一样,因为据凯特所知,这个房子里唯一的酒还是去年新年留下来的一瓶基蒂安酒[1],而且是开了封的。

她把一锅肉糜端进餐厅,放到三脚架上。邦妮同时在自己边上给皮奥特尔留出了座位。他们不得不全挤在桌子的一头,因为另一头堆放着个税申报单。"亲人们怎么样,皮奥德尔?"他刚一坐下邦妮就问起来,这个姑娘真是不知疲倦,"你不想念故乡的亲人吗?"

"我没有亲人。"他说。

"一个都没有?"

"我在孤儿院长大。"

"天啊!我还从来没遇见过孤儿院来的人呢!"

"你忘记给皮奥特尔倒水了。"凯特对她说。凯特正在给全桌人盛肉糜,从每人手里接过空盘子,再把盛满的盘子递给他们。

邦妮往后推开椅子,正要站起来,皮奥特尔举起一只手,再次说道:"没关系。"

"皮奥德尔觉得水分解了酵素。"巴蒂斯塔博士说道。

"什么?"邦妮说。

"消化酵素。"

"尤其是加了冰块的水,"皮奥特尔说,"会在食管当中冻结酵素。"

"你们听说过这个理论吗?"巴蒂斯塔博士问两个女儿。他看

---

[1] 意大利基蒂安地区出产的一种红葡萄酒。

上去很高兴。

　　凯特心想,真遗憾,她的父亲不能自己和皮奥特尔结婚,既然他一心想要改变这个人的身份。他俩看上去可真是天造地设的一对。

　　每逢周二,凯特的菜谱会有所不同,她会煎好玉米薄饼,再来一罐辛香番茄酱,用肉糜做成的肉馅做玉米圆饼。皮奥特尔对肉馅玉米圆饼倒是没有意见。他给自己那份浇上一大勺番茄酱,然后埋头吃起来,同时聚精会神地听巴蒂斯塔博士说话,还时不时地点点头。她的父亲正在详细分析为什么女人相比男人更容易罹患自体免疫紊乱疾病。凯特搅动着自己盘里的食物,却并不送进嘴里——她并不像她以为的那样饿。坐在她对面的邦妮对她的豆腐看上去也兴趣缺缺。她用叉子切下一角,不大放心地尝了一口,吃进去时仅用门牙咀嚼。她的绿色植物——两根颜色暗淡的芹菜茎——更是一口未动。凯特预计,她的无肉生活大概只会持续三天。

　　巴蒂斯塔博士正和皮奥特尔说到,有时他觉得,女人的皮肤就是……比男人的薄,可他突然停住不说了,而是盯着邦妮的盘子看。"那是什么?"他问。

　　"这是豆腐?"

　　"豆腐!"

　　"我不再吃肉了?"

　　"这明智吗?"她父亲问道。

　　"真可笑。"皮奥特尔说。

　　"看到了没?"凯特对邦妮说。

"那她从哪里摄取维生素 B_{12} 呢?"皮奥特尔问巴蒂斯塔博士。

"我觉得她可以通过早餐谷物来摄取,"巴蒂斯塔博士沉思着说道,"当然,这是假设她吃的是添加维生素的谷物。"

"还是很可笑,"皮奥特尔说,"是如此美式、如此简化的食物!在别的国家,人们想要健康的话,只会多加点食物,美国人则是越少越好。"

邦妮说:"那个,金枪鱼罐头,怎么样?金枪鱼本身是没有脸的。我能从金枪鱼罐头中摄取维生素 B_{12} 吗?"

凯特对于邦妮竟然脱口而出"本身"[1]这个词惊讶不已,以至于她一时都没注意到她们的父亲对于金枪鱼这个提议的反应大得夸张。他用两只手包住脑袋,前后剧烈晃着。"不,不,不,不,不!"他呻吟道。

他们都盯着他看。

只见他抬起头来,说:"金枪鱼含汞。"

"啊。"皮奥特尔明白过来。

邦妮说:"好吧,我不在乎。我拒绝吃小牛犊的肉,它们一辈子都被关在牢笼里面,脚都没碰过地面。"

"你扯得太远了,"凯特对她说,"你说的那是牛犊肉!我从不在肉糜中加牛犊肉的!"

"牛犊肉,牛肉,柔软的毛茸茸的羊羔肉……"邦妮说道,"我一个也不要吃。这太邪恶了。告诉我,皮奥德尔,"她说着遽然转向皮奥特尔,"像你这样折磨小老鼠的,怎么能够问心无愧的呢?"

---

[1] 原文为"per se",来自拉丁语。

"小老鼠?"

"或是你们在实验室里折磨的别的什么动物。"

"哦,邦-邦。"巴蒂斯塔博士悲伤地说道。

"我没有折磨老鼠,"皮奥特尔义正词严地说道,"它们在你父亲的实验室里生活得很好。繁殖交配!互相陪伴!它们有些还有名字呢。它们可比野外的老鼠生活得好。"

"除了你们要用针戳它们。"邦妮说。

"这没错,但是——"

"那些针会让它们生病。"

"不,目前这些针并不会让它们生病,你看,这很有意思,因为——"

电话响了。邦妮说:"我来接!"

她一把推开椅子,把地板蹭得嘎吱嘎吱响,跳起来向厨房跑去,留下皮奥特尔坐在那里说到一半,嘴巴还张着。

"哈啰?"邦妮说道,"哦,嗨啊!嗨,是你啊!"

凯特听得出,对方是个男孩子,因为邦妮换上了那种带着短促呼吸声的声音。不可思议的是,她们的父亲好像也觉察到了。他皱了皱眉头,问道:"是谁打来的?"接着他转过身去喊道:"邦妮?是谁打来的?"

邦妮没理他。

"哇,"他们听到她说,"哇,真是太贴心了!你这么说真是太贴心啦!"

"她在跟谁打电话?"巴蒂斯塔博士问凯特。

凯特耸了耸肩膀。

"她吃饭的时候不停地收到那些……短信,这已经够糟的了,"他说,"现在他们都直接打电话了?"

"别看我。"凯特对他说。

凯特要是在电话里这样说话,她自己都会窘得说不下去。她试图想象这一情景:接到某人,哦,比如说亚当·巴恩斯的电话,无论他说什么,都夸他真是太贴心了。一想到这儿,她就尴尬得脚指头都弯了起来。

"你昨晚跟她谈过那个明茨家男孩的事吗?"她问父亲。

"哪个明茨家男孩?"

"她的辅导老师啊,父亲。"

"哦。还没呢。"

她叹了口气,给皮奥特尔又舀了一勺肉糜。

皮奥特尔和巴蒂斯塔博士开始围绕淋巴组织增生讨论起来。邦妮打完电话后回来,在他俩中间坐下,不快地嘟着嘴,把她那块豆腐切成极小的一块块(她不习惯被人冷落)。晚餐将尽时,凯特起身从厨房里拿来那几条巧克力,但她懒得收拾盘子再换上干净的,于是每个人都直接把巧克力的包装纸扔在残余食物上了。

凯特咬了一口巧克力,做了个鬼脸。百分之九十的可可含量太高了,极限是百分之六十,她得出结论。皮奥特尔似乎觉得这很有趣。

"我们国家有一句谚语,"他对她说,"如果药吃起来不苦,别指望它治好病。"

"我不期望甜点能治好病。"凯特说。

"好吧,我觉得这个味道棒极了。"巴蒂斯塔博士说。他可能没注意到,自己的嘴角是耷拉下来的,就像一个四岁班上孩子画的愁眉苦脸的表情。邦妮看上去也不太喜欢这种巧克力,但她跳起身来到厨房,从那里拿回一罐蜂蜜。

"往上面蘸点这个。"她对凯特说。

凯特摆了摆手表示不要,然后伸手拿起自己盘子上方的苹果。

"老爸?往上面蘸点这个。"

"哦,谢谢,邦妮,"她父亲说,他把巧克力的一角往罐子里蘸了蘸,"来自邦妮的蜂蜜。"

凯特翻了个白眼。

"蜂蜜是我最喜欢的营养品之一。"父亲对皮奥特尔说道。

邦妮把蜂蜜罐递给皮奥特尔。"皮奥德尔?"她问道。

"我很好。"

不知为什么,他正看着凯特。他有种独特的让眼皮半睁半闭的方式,这让人感觉他在观察她的过程中得出了什么不同寻常的结论。

一声响亮的按键音。凯特吓了一跳,转向父亲,只见他正朝她挥舞着手机。"我觉得我能搞懂这东西。"他说。

"哦,别弄了。"

"我只是想练一练。"

"给我拍一张。"邦妮央求道,她放下巧克力,迅速用餐巾抿了抿嘴,"拍一张,然后发到我的手机上。"

"我还不知道怎么弄,"她父亲说,但他还是给她照了一张,然后说:"皮奥德尔,这张你被邦妮挡住了。过来坐到凯特旁边,让我给你俩拍张照。"

皮奥特尔立马换了位置，但凯特说道："你到底是怎么了，父亲？你买那个手机有一年半了，可以前你连正眼都没看过它。"

"是时候该融入现代社会了。"他对她说，然后再次把手机举到眼前，好像那是个柯达相机似的。凯特推开椅子站起身来，试图不让父亲拍到她，按键声再次响起，接着她父亲放下手机，查看拍好的照片。

"我来帮着一起洗碗吧。"皮奥特尔对凯特说。他也站了起来。

"没事的。邦妮会帮我的。"

"哦，今晚就你和皮奥德尔一起洗吧，"巴蒂斯塔博士说，"邦妮还有作业要做呢，我敢肯定。"

"不，我没有作业。"邦妮说。

邦妮几乎从来都没有作业。真是让人大惑不解。

"好吧，但我们得聊一聊你的数学辅导老师。"巴蒂斯塔博士说。

"她怎么了？"

"西班牙语辅导老师。"凯特提醒道。

"我们得聊一聊你的西班牙语辅导老师，过来。"他说着站了起来。

"我不知道关于他有什么好聊的。"邦妮对父亲说，但她也站起来，跟着父亲出了餐厅。

皮奥特尔已经在收拾盘子了。凯特说："说真的，皮奥特尔，我自己对付得过来。还是谢谢你。"

"你说这话只是因为我是外国人，"他对她说，"但我知道美国男人是洗碗的。"

"在我们家不是。实际上，我们谁都不洗碗。我们只是把碗扔进洗碗机里,等堆满了就让洗碗机一次性洗掉。下次吃饭时再拿出一些碗来,吃完再放进去,等满了再让洗碗机洗。"

他想了想。"这就是说有的碗是洗了两次的,"他说,"即使它们用都没用过。"

"洗过两次或六次,你猜到了。"

"而且有时候你们用的可能是吃过的碗,凑巧的话。"

"除非我们当中有谁把盘子舔得非常、非常干净,"她说,然后笑起来,"这是一个体系,父亲发明的体系。"

"啊,是啊,"他说,"体系。"

他打开水槽里的水龙头,开始洗起盘子来。她父亲的体系里没提到先擦洗,他只是规定,有任何没洗干净的碗的话,就放进洗碗机里再洗一次。其实即使不洗第二回,他们至少也知道所有碗都是消过毒的。但她觉察到皮奥特尔对他们的做法不以为然,于是她也没试图阻止他。

尽管他哗啦啦地放着热水,而这样做是极不环保的,她父亲见了定会抓狂。

"你们没有女佣?"过了一会儿皮奥特尔问道。

"现在没了,"凯特说,她把肉糜重新放回冰箱里,"这就是为什么父亲发明了各种体系。"

"你们的母亲过世了。"

"死了,"凯特说,"是啊。"

"对你的遭遇我深表遗憾。"他说。他说出的每个字都好像是事先背下来的。

"哦,没什么,"凯特说,"我跟她没那么熟啦。"

"你为什么跟她不熟?"

"她在生完我之后就得了抑郁症。"凯特现在来到了餐厅,正在擦着桌子。回到厨房后她继续说:"找了个人照看我,然后自己就一蹶不振了。"她说着笑起来。

皮奥特尔没有笑。她记得他说他是在孤儿院长大的。"我猜你跟你母亲也不熟。"她说。

"是的,"他说着,同时把盘子一个个插进洗碗机里,它们看上去已经干净得能直接拿起来吃了,"我是被捡来的。"

"弃婴?"

"是的,在门廊上捡到的。放在一个黄桃罐子里。纸条只留了三个字:两天大。"

当他和她父亲聊天时,他听起来还算聪明,甚至是蛮有思想的。然而一碰到离科学远一点的话题,他就又会暴露出语言障碍。比如说,她找不出他使用或是不使用冠词的形容词的任何规律,冠词和形容词的使用有那么难掌握吗?

她一把将洗碗布丢进储藏柜的篮子里。她父亲偏爱全棉洗碗布,习惯于用过一次后就把它们漂白洗净。他对海绵怀有一种近乎迷信的恐惧。

"行了,都做完啦,"她对皮奥特尔说,"谢谢你帮忙。父亲在起居室里,我觉得。"

他站起来看着她,或许是等她来给他带路,但她往后倚靠在水槽边上,双手交叉放在胸前。最后,他终于转身离开了厨房,凯特则来到餐厅处理那堆个税申报单。

"今晚不错,对吧?"父亲问她。

送走皮奥特尔后,他游荡到餐厅来。凯特算完一栏总数后才抬起头来,问道:"你和邦妮谈了吗?"

"邦妮?"

"你和她谈了爱德华·明茨的事吗?"

"谈了。"

"她怎么说?"

"关于什么怎么说?"

凯特叹了口气。"来,我们集中下注意力,"她说,"你有没有问她为什么不直接从那个机构找个辅导老师?你问出明茨收多少钱了吗?"

"他不收一分钱。"

"好吧,这并不是好事。"

"为什么?"

"我们要找的是一个专业的老师。我们想要的情况是,如果他帮不上邦妮的话,我们能够把他开了。"

"你愿意嫁给皮奥德尔吗?"她父亲问。

"哈?"

她靠到椅背上,瞠目结舌地看着他,计算器还在她左手上,圆珠笔在右手上。这个问题的全部意义是在延迟了几秒钟之后迎面向她击来的——就像对准上腹部的猛然一拳。

他没有说第二遍。他只是站在那里,满怀期望地等待她回答,双手握紧拳头插在工装裤口袋里。

"请告诉我你不是认真的。"她说。

"现在，就只是考虑一下这种可能性，凯特，"他说，"三思之后再做决定也不迟。"

"你的意思是让我嫁给一个我认都不认识的人，为的只是让你能留住你的研究助理？"

"他不是什么普通的研究助理。他是皮奥德尔·施谢尔巴科夫，而且你对他也稍有了解。起码我对他的推荐也可以让你略知一二了。"

"你这些天都在暗示这事，对吧？"她问。她听到自己的声音在颤抖，这让她感到羞辱，希望他没注意到，然后接着说："这些天来你都在把他跟我撮合到一起，我居然迟钝到现在才发现。我猜我只是不能相信我的亲爸爸会想出这种事。"

"凯特，你反应过度了，"她父亲说，"你早晚都得嫁人的，对吧？而现在有一位如此出类拔萃、如此天赋异禀的人选。如果他不得不离开我的项目，这对人类而言都是莫大的损失。而且我也喜欢这个人！他是个好人！我可以肯定，你在进一步了解他之后一定会和我有一样的感受。"

"你就永远不会让邦妮来做这事，"凯特语带苦涩地说道，"你亲爱的宝贝，邦妮-宝。"

"那个，邦妮还在上高中呢。"他说。

"那就让她辍学。知识界不大可能因此遭受损失吧？"

"凯特！这样太不近人情了，"她父亲说，"再说了，"顿了一下后他又补充道，"邦妮有一大群小伙子在追呢。"

"然而我没有。"凯特说。

他没有反驳她这句。他只是一言不发地看着她，满怀期待，双唇紧闭,以至于他的小黑胡子挤在了一块。

如果她保持面无表情,如果她不眨眼睛,甚至不张口多说一字,她或许可以止住随时会奔涌而出的眼泪。于是她保持沉默,一点一点地站起身来,注意不让自己撞到任何东西,然后放下计算器,转过身,昂着头走出了餐厅。

"凯瑟琳?"父亲在身后唤道。

她来到客厅,穿过客厅,接着一步一步地爬上楼梯,泪水早已夺眶而出。她泪流满面地走上二楼,绕过楼梯端柱时,迎面撞上了邦妮,她正往楼下走。"嘿?"邦妮一脸惊愕地说道。

凯特一把将圆珠笔摔在邦妮脸上,然后跌跌撞撞地走向自己的房间,重重地摔上了门。

第四章

  如果有人伤透了你的心,你绝对能感觉到身体上受了伤。在接下来的几天里,凯特发现了这点。之前她也曾多次有此体悟,然而这次就好像是恍然大悟,如锋利的刺刀般扎向她的胸口。这种比喻不符合逻辑。为什么是她的胸口?归根结底,心脏不过是两堆被神化的突起物而已。然而,她的心还是伤痕累累,又紧缩又肿胀——如果这话听起来自相矛盾,也随它去吧。

  她每天还是走路上班,路上她感觉自己的孤单是那样赤裸裸,那样扎眼。路上的每个人都好似有人做伴,有人一起开怀大笑,吐露心扉,互相轻推胳膊小声提醒。所有那些成群结队、对世事了然于心的年轻女孩;所有那些十指交扣、并肩贴耳轻声私语的情侣;所有那些在出门上班前站在汽车边上说长道短的邻里妇女。她们议论古里古怪的丈夫、不可理喻的青少年、多灾多难的朋友,然后她们会突然停下来,跟凯特说"早"——即使是那些并不认识她的人。凯特装作没有听见。有时她把头垂得很低,头发飞舞到面前,把她的整个侧脸都遮住。

  现在春意越发浓了,水仙花初绽娇容,枝头鸟儿喧叫不息。如果她可以自由支配时间,此刻她定会在后院里忙活。干园艺活总能安抚她的内心。然而不行,她还是得每天早上到学校去,并在走到校门口面对送孩子们上学来的家长时,在脸上贴上转瞬即逝的笑容。尽管一学年已过大半,有些低年级孩子还是不肯离开家长,他们会紧抱着家长的大腿不放,把脸贴在他们的膝盖上。这时家长们会一脸无奈地望着凯特,凯特只得摆出一副看似满怀同情、实则虚假无比的表情,对着孩子问道(不管这孩子是谁):"想要我拉着你的手一起进去吗?"她之所以这么做,是因为达令夫人就站在大门口,想着伺机找个理由将她解雇。不过,真要是解雇了,又能怎样呢?又会有什么大不了呢?

在走向四岁班的路上,经过那些互相聊着天的教师或助教的时候,她至多点头示意。她和昌西夫人打了招呼,然后往储物柜里放进自己的东西。接着孩子们走进教室,一个个争先恐后地跑来向她汇报最新消息——谁家宠物学会了新本领啊,谁做了个噩梦啊,谁收到祖母送的礼物啦——经常几个孩子都是一起说话的。凯特则站在他们中间,如大树般一动不动,只是说着:"真的呀。嗯。真不可思议。"她好像是拼尽全力说出这话的,然而没有一个孩子觉察到异样。

她依次走完"展示与讲述""故事时间""活动一小时"等常规日程。然后她在教师休息室歇了一会儿,鲍尔夫人正在那里讨论白内障手术的问题,费尔韦瑟夫人则在询问有谁得过滑囊炎,凯特进来时,她们会停下来和她打招呼,凯特会咕哝着答应一声"嗯",然后让长而浓密的头发披落在面前,自个儿往卫生间走去。

四岁班这阵子似乎尤为纷争不断,所有小女生都不跟利亚姆·M说话了。"你对她们做了什么?"凯特问他。他答道:"我不知道我做了什么。"凯特也觉得他讲的是实话。那些小女生经常会玩弄阴谋,耍些复杂的心思。她对利亚姆·M说:"好吧,别在意,她们会慢慢忘记这事的。"他听后点点头,重重地叹了口气,鼓起勇气挺直背脊。

午餐时间,她会无精打采地搅动着盘中的食物:什么东西闻起来都像涂蜡纸的味道。周五那天,她忘了带牛肉干——实际上,是她发现家里放牛肉干的抽屉空了,尽管可以发誓应该还有一些的——于是她只吃了几颗葡萄,但这就够了。她不但胃口欠佳,还感觉像是吃得过饱,仿佛她肿胀的内心涌到了喉咙里似的。

在"安静休息时间",她坐在昌西夫人的桌子后面,目光直视前方。换作平时,她一般会随意翻看昌西夫人看完不要的报纸,或是整理收拾最容易变得乱糟糟的游戏区域——乐高积木区或是手工桌——然而现在,她只是目光空洞地发着呆,心里愤恨着父亲的种种不是。

他一定觉得她一无是处。在他一心一意追寻科学奇迹的道路上,她不过是一个用于交换的筹码。说到底,她的人生又有什么真正的意义呢?而且他肯定觉得,她根本不可能找到一个真心爱她的男人,那么为什么不干脆把她转手卖给一个对他有用的人呢?

然而凯特并不是从来没交过男友。高中时代男生们确实有点怕她,但高中毕业后那会儿,她曾经交过很多男友。或者说至少是很多初次约会的对象。有些甚至还有第二次约会。她父亲无权认定她嫁不出去。

再说了,她才二十九岁,还有的是时间来物色丈夫呢!当然,这是假设她想要丈夫的话。事实上,她对此并不太确定。

周五下午在操场上时,她百无聊赖地在硬邦邦的地面上踢着一个瓶盖,脑中回放着父亲对她说过的每一句话,尽管这么做让她痛苦不堪。

他说,他喜欢这个小伙子,好像这就足以作为让他女儿嫁给这个人的理由!还有关于皮奥特尔离开他的项目会使整个人类蒙受损失的那段。他的项目已经成了目的本身,它不服务于任何意图、任何目的,它只是不断地进行下去,在这一过程中衍生、迂回、掉头重来。除了其他科学家以外,都没有人知道这个项目到底是什么。最近,凯特甚至开始怀疑,其他科学家究竟知不知道。不无可能的是,他的赞助者早已忘记了他的存在,他们继续给他提供资金仅仅出于惯性。他很久以前就被撤除了教职(她想都能想到他当老师是什么样子),安置在一个又一个实验室里,几经辗转,每次分到的实验室都越来越小。在约翰·霍普金斯大学成立独立的自体免疫研究中心时,他们也没邀请他加入。或许是他拒绝了他们的邀请,她也不太确定。不管怎样,他只是一个人默默地继续着他的研究,显然没人特意来调查他有无进展。不过谁又知道呢?或许他取得了多方进展也未可知。然而此时此刻,凯特想不出有什么伟大的成果,能够为他牺牲自己大女儿的行为洗白。

她错将一丛青草当作那个瓶盖,一脚踢了上去,边上一个等着玩秋千的孩子看上去吓了一跳。

娜塔莉可能已经俘获了亚当的心。她看上去漂亮可人,温婉诗意,此刻正蹲下身子安慰一个手肘擦破皮的小女孩,亚当站在她边上,充满同情地看着她们。

"你为什么不带她进去贴个创可贴呢?"他问,"我来看着玩跷跷板的孩子吧。"

娜塔莉说:"哦,真的吗?谢谢,亚当。"她说着动作优雅地站了起来,领着孩子往室内走去。她今天穿了条裙子,这种打扮在助理中并不常见。裙摆在她的小腿肚上飘扬,发出撩人的沙沙声。在凯特看来,亚当盯着她的背影望了过长的时间。

有一次,那是几个月前,凯特也曾尝试过穿裙子来学校。不是那种沙沙作响的裙子,实际上是一条镶有铆钉的前拉链牛仔裙,但她觉得它多少可以让她显得……柔和一点。年长的教师们一眼看穿了她,神秘地眨着眼睛。"某人今天很卖力哦!"鲍尔夫人如是说。凯特则回答说:"什么?这个?我穿它只是因为别的衣服都洗掉了,就是这样。"然而亚当似乎并未注意到她穿了裙子。不管怎么说,事实证明她穿裙子是不切实际的——爬立体方格铁架时很不方便——而且她也摆脱不了在教师休息室的全身镜里看到的自己样子的困扰。她想到了"老来俏"这个说法,尽管她知道自己并不老,至少尚未如此。第二天,她又换回了牛仔裤。

此刻亚当信步走到她身边,对她说:"你注意到没有,有些日子特别容易出事?"

"容易出事?"

"刚刚那个孩子,手肘擦破了皮。然后今天早上,我班上的一个男孩子把自己的食指放进了削笔刀里——"

"哎呀!"她说,不自觉地缩了一下。

"就在午饭前汤米·巴斯把门牙给摔掉了,我们只得打电话给他妈妈,让她把他接走——"

"哎呀,今天的确是多事之日,"凯特说,"你把那颗牙齿浸在牛奶里没有？"

"牛奶里？"

"你把它浸在一杯牛奶里，兴许它还能重新植上呢。"

"哦，不，我没有，"亚当说，"我只是用一张纸巾把它包住了，没准他们要把它留给牙仙。"

"嗯，别担心。只是一颗乳牙而已。"

"你怎么知道可以浸在牛奶里的？"他问。

"噢，我就是知道的。"她说。

她不知道该怎么摆放双手，于是便开始前后甩动手臂，然后她想起邦妮说过这样子看上去像个男生（记上邦妮一笔）。她停下摆动，把手插到后口袋里。"我九岁的时候，有次被橄榄球撞掉了一颗已经长成的牙齿，"她说出口之后才意识到这话听起来太不像个女生会说的了，于是又补充道，"我正好在回家路上经过一个球场，就这么被撞掉。但我们家的女管家知道要把牙齿浸在牛奶里。"

"是吗，这招肯定管用，"亚当说，他现在正更加仔细地打量着她，"你的牙齿长得真好。"

"哦，你真是……你这么说也太贴心了吧？"凯特说。

她开始踮着穿着球鞋的脚在操场地上画弧线。接着索菲娅走了过来，然后她和亚当聊起了一种免揉面包的制作方法。

在下午一小时的活动时间里，那个芭蕾舞演员娃娃和水手娃娃又换了一种方式上演分手（凯特都不记得他们是什么时候复合的）。这次他们分手是因为水手娃娃表现不得体。

"求你了，科迪莉亚，"扮演水手的艾玛·G说道，"我下次再也不会不得体了，我保证。"

但芭蕾舞演员说:"嗯,很抱歉,但我已经给了你一次又一次机会,现在我对你的耐心已经到极限了。"接着雅米莎从一把凳子上摔了下来,额头上肿了一个巨大的包,证明了今天的确是亚当所说的多事之日,凯特好容易才哄完她,克洛伊和艾玛·W又互相大叫着吵了起来。

"姑娘们!姑娘们!"昌西夫人说道。她对于不和的忍耐度相比凯特要低。克洛伊叫道:"这不公平!艾玛·W霸占了儿童玩具!她有'尿裤子娃娃''尖叫宝宝'和'生理娃娃'[1],而我只有这个又旧又傻的木头匹诺曹!"

昌西夫人转向凯特,显然是希望她从中调停,然而凯特只是对她俩说:"好吧,你们自己解决吧。"说完就离开她们,走去看男孩子们在做什么。有个男孩也有一只娃娃(她看到的是一个小人娃娃),他把它头朝下在地板上滑动着,嘴里说着"呼,呼",好像那是辆卡车。这看上去有点浪费,因为小人娃娃现在供不应求,但凯特已无力再管这事。

受伤的情绪从她胸口一直蔓延到了左肩,她都怀疑自己是不是要心脏病发作了。真要这样她倒求之不得。

一天结束后走在回家的路上,凯特回想着和亚当的对话。"哎呀!"她是这么说的,而且不止一次,还说了两次,用的是那种她所鄙夷的造作的女孩子气的语调,她的声音也比平时要尖一点,每个句子的末尾故意音调上扬。愚蠢,愚蠢,愚蠢!"你这么说

---

[1] Anatomically Correct Dolls,一种展露人体第一或第二性征的娃娃。

也太贴心了吧?"她是这么问的。戈登太太的小型鸡爪枫[1]在她经过时轻扫她脸颊,她恶狠狠地朝树叶打去。快走到明茨家时,他们家的前门打开了,她赶紧加快步伐,免得要和任何人说话。

邦妮还没回家,正好。凯特把包甩在客厅的躺椅上,来到厨房找点东西吃。她的胃后知后觉地发现她跳过了午饭。她给自己切了一块切达干酪,边大声嚼着边在厨房里晃荡着,思考明天她要在杂货超市买些什么回来。如果下周的肉糜都不放肉的话(她已经决定就这么做,让邦妮尝尝没肉的滋味),她就得增加其他配料的量——或者是小扁豆,或者是黄豌豆。因为父亲制定的晚餐配方是定额定量的,因此他们每周五晚上正好吃完那锅肉糜。但这个星期是个例外:邦妮因为改吃素食而没动肉糜,即使加上周二晚上皮奥特尔狼吞虎咽吃下的一大份,也未能解决邦妮没吃的那部分。所以他们明天得吃剩菜了,父亲肯定会不高兴。

她老大不情愿地从购物清单里删去炖牛肉这一项。清单是电脑生成的——她父亲发明的,上面按照超市货架的顺序列着家里的日常所需品——凯特每周所要做的就是划去那些不需要的东西。今天她划去的是邦妮平常当零食吃的腊肠棒;她没有划去牛肉干,还加上了洗发水。后者在她父亲开的那张标准清单上是没有的,因为他觉得一块普普通通的肥皂照样洗得干净,价格却只是洗发水的几分之一。

在以前,他们还有个管家的时候,家里的采购还不是这样严格刻板。不是巴蒂斯塔博士没尝试过用他那套,只是拉金太太不

---

[1] 即日本枫树。

拘小节的性子总让他实施未果。"想到需要什么的时候就把它记下来，这有什么不对的呢？"每次他催她采用他那张标准清单的时候，她都会这样反问道，"这又不是什么难事：胡萝卜、豌豆、鸡肉（拉金太太以前会做一种非常美味的鸡肉馅饼）……"在他没听见的时候，她还会悄悄告诫凯特，千万别让男人插手家务活。"他会被家务冲昏脑袋的，"她说，"你的生活从此就不再由你做主了。"

凯特关于母亲的寥寥记忆中，有一件事是某次她和父亲的争吵，原因是父亲向母亲指出她把餐具放进洗碗机的方式不对。"勺子应该柄朝下放进去，刀叉应该柄朝上放，"他说，"这样刀叉就绝不会戳到你，对吧，而且清空洗碗机的时候也能更快地把银餐具拿出来整好。"显然，说这话时他还未想出干脆再也不清空洗碗机的点子。在凯特听来，父亲的方法很有道理，然而母亲最后却气得泪眼汪汪地转身走回自己的卧室。

台子上的水果盆里放着一个小柑橘，还是凯特在二月买回来的一盒水果里剩下来的。她削了皮吃起来，尽管它已经有点干瘪了。她站在水槽边，看着窗外小小的红色鸟巢，那是她上星期挂在山茱萸树上的。到目前为止，还没有鸟儿驻足于此。她知道自己不该连这种事都放在心上，这样很愚蠢。

皮奥特尔知道她父亲在暗中策划什么吗？他不可能不知道，凯特觉得。太丢人了！毕竟他是需要扮演角色的——那次他"碰巧"遇上她，对着她的头发大惊小怪，以及和他们一起吃晚饭。还有，他看上去也不像是为签证即将到期而忧心忡忡的人。很可能他一直理所当然地认定她父亲的计划能够救他。

不过现在，他可不会再觉得什么是理所当然的了。哈！现在他肯定已经听说她拒绝合作了。她真想看看他知道时脸上是什么表情。

凯特·巴蒂斯塔可不是那么容易搞定的。

她提着一个洗衣篮上楼来到邦妮的房间，往里面装进邦妮放在待洗篓里的衣物。照她父亲看来，洗衣这事的费时之处在于，洗完后还得把不同人的衣物分拣出来。于是他下令给每个人定一个单独的洗衣日，邦妮的洗衣日是每周五。虽然不用猜都知道，不管哪天，洗衣服的人总是凯特。

邦妮的梳妆台上散乱地堆放着各种化妆品，散发出一种烂水果的味道。许多本该放进待洗篓里的衣物凌乱地丢在地上，但凯特没有理会它们。捡衣服可不是她的分内事。

地下室里尘埃弥漫，光线昏暗，一走进去她就顿时觉得四肢沉重酸痛。她放下洗衣篮，在那里站了一会儿，一手贴着额头。然后她挺了挺身子，掀起了洗衣机的盖子。

邦妮回来时，她正在后院里忙活，清理车库旁铁线莲丛的一些老枝。这时邦妮拉开屋后的纱门，叫道："你在那儿吗？"

凯特转过身，用袖子擦了擦额头。

"我们有什么吃的啊？"邦妮问她，"我快饿死了。"

凯特问道："是不是你把我最后那点牛肉干给吃了？"

"谁，我吗？你忘了我是素食者了吗？"

"你是素食者？"凯特重复道，"等等，你是素食者？"

"素食者，素食主义者，随你怎么说。"

"如果你连这两个词都分不清——"

"我的衣服洗好了吗？"

"在烘干机里呢。"

"你没把我那件露肩罩衫放进去洗,对吗?"

"你放在待洗篓里的我都洗了。"

"凯特!你不是认真的吧!你知道我那几件白衬衫是要留到衬衫日穿的。"

"如果你要留出什么衣服的话,你应该人在这里看着我洗的。"凯特说。

"我在参加啦啦队队长训练!我不能同时出现在多个地方!"

凯特转身继续忙她的园艺活。

"这个家真是逊爆了,别人家都是把不同颜色的衣服分开来洗的。"

凯特将一把缠绕的枝叶丢进垃圾袋里。

"别人家不是都清一色穿灰色衣服的。"

凯特自己从来只穿深色和格子图案的衣服。她不觉得穿什么衣服这个问题值得讨论。

吃晚饭时,凯特的父亲滔滔不绝地夸奖着她。"咖喱粉是你自己磨的吗?"他问(每逢周五他们会把肉糜做成咖喱菜),"吃起来真是原汁原味。"

"不是。"她说。

"那么,或许跟你放的量有关。我真喜欢这种辣味。"

过去三天他都是这个样子。看着真是可怜。

邦妮在吃一片芝士烤土司,一面上盖着青葱马铃薯片。她坚持称马铃薯片就是她的蔬菜。不错,就让她得坏血病死掉吧。反正对凯特来说都一样。

有那么一阵，餐桌上唯一的声音就是咀嚼薯片的嘎嘣声，和刀叉碰到盘子的叮当声。然后巴蒂斯塔博士清了清嗓子："其实，"他小心翼翼地开口，"其实，我注意到我们的报税单还放在这儿。"

"没错。"凯特说。

"啊，是啊。我提起这个只是因为……我想起来报税单提交是有截止日期的。"

"真的吗？"凯特说着惊讶地挑起了眉毛，"截止日期！真想不到！"

"我是说……不过可能你现在已经记住这点了。"

凯特说："你猜怎么着，父亲？我觉得今年你应该自己来算个税。"

他的嘴巴张成"O"字形，眼睛盯着她看。

"你算你的，我算我的。"凯特说。她的个税再简单不过，实际上，她都已经搞定寄出了。

她父亲说："哦，为什么……你很擅长这事的啊，凯瑟琳。"

"我保证你能算出来的。"凯特说。

他转向邦妮。邦妮朝他淡淡一笑，然后她望向桌子对面的凯特，一只手捏成拳头挥向屋顶。"滚，凯瑟琳！"她说。

好吧。凯特还从未见过那阵势。

邦妮上了一位母亲的车，车里满载一群尖叫大笑的十几岁少女，她们探出每扇打开的车窗疯狂地招着手。从车载录音机里传出鼓点声。"你带了手机没？"凯特问，然后又为时已晚地补问，"你去哪儿？"

邦妮只是说了声："拜啦！"接着就出门离去。

凯特给父亲准备好第二天要带的午餐,然后关灭厨房和餐厅的灯。她父亲正在起居室里阅读期刊。他坐在真皮扶手椅上,头顶上的台灯洒下一圈黄色的光晕,乍看之下他似乎心无旁骛,然而当凯特经过客厅时,他的坐姿却一下子变得僵硬了,他注意到了。然而未待他开口和凯特说话,她就骤然左转,两步一个台阶地上了楼梯。她听到身后传来皮椅的嘎吱声,但他并未试图叫住她。

尽管暮色尚未降临,她还是早早换上了睡衣。浑浑噩噩忙活了一天,她感到精疲力竭。刷完牙后,她望着浴室镜中的自己,任由自己的头向前倾侧凑近镜子,最后贴在镜子玻璃上面,她往里面看着自己的眼睛,从这个角度看起来,她的两个眼袋几乎和虹膜的颜色一般深。她回到自己的房间,爬上床。她把枕头支在背后靠到床头板上,调整好台灯的阴影,然后从床头柜上拿起书读了起来。

她在看一本以前读过的史蒂芬·杰伊·古尔德[1]的书。她喜欢史蒂芬·杰伊·古尔德,喜欢非虚构作品——关于自然历史或进化的书。她不怎么看小说。尽管时不时地,她也会津津有味地读一本精彩的时空旅行小说。每当难以入眠之时,她总会幻想自己穿越时空回到寒武纪。寒武纪远在 5.42 亿至 4.88 亿年前,那时唯一的生物体还只有无脊椎动物,而它们还没有一个是生活在陆地上的。

---

[1] 史蒂芬·杰伊·古尔德(Steven Jay Gould,1941—2002),美国著名古生物学家、科普作家。

第五章

去年秋天,凯特在后院的紫荆树下播下了一捧杂色的番红花种子,最近几周她一直密切关注着它们,然而至今未有一颗破土而出,真让人纳闷。周六一早从杂货超市采购归来时,她又去检查了一下,却愣是连株球茎都没摸着。是鼹鼠惹的祸,还是田鼠,或是别的什么讨厌鬼?

她停下手在泥土里的摸索,站起身来,把头发甩至肩后,这时厨房的电话响了。邦妮已经醒了,她知道——之前她听到冲澡的声音了——然而电话铃却响个不停。等她来到房里,留言机已经"嗨啊"一声说了起来,接着是她父亲的声音:"接电话啊,凯特。我是你父亲。"

然而她已经看见他落在台子上的午餐袋了。她不知道之前自己怎么没注意到。她在后门进来那里站住了,恶狠狠地瞪着那个午餐袋。

"凯特?你在吗?我忘带午餐了。"

"哦,是吗?这岂不是太他妈糟糕了。"凯特在空无一人的厨房里自语道。

"你能帮我带过来吗?拜托了。"

她转过身，朝外面走回去。她把小铲子丢进园艺工具篮里，伸手去拿蒲公英除草器。

电话再次响起。

这次，她赶在留言机跳到自动答复前走进房里。她一把抓起话筒，说道："你以为我还会上几次当，父亲？"

"啊，凯特！凯瑟琳。我好像又忘带午餐了。"

她没有说话。

"你在吗？"

"我猜你得挨饿了！"她说。

"什么？求你了，凯特。我对你要求不多。"

"实际上，你对我要求很多。"她对他说。

"我只是让你把我的午餐带过来。从昨晚吃过饭到现在，我还什么都没吃呢。"

她想了想，然后说："好吧！"接着没等父亲回答就砰的一声挂上了电话。

她走到客厅，朝楼上喊道："邦妮？"

"什么事？"邦妮说，声音传来的位置比她预料中近得多。

凯特从楼梯口转过身，来到起居室门口。邦妮正和爱德华·明茨紧挨着坐在躺椅上，膝盖上放着本摊开的书。"嗨，是你啊，凯特！"爱德华热情洋溢地打招呼。他穿了条破破烂烂的牛仔裤，长满毛的两个膝盖突出来露在外面。

凯特没理他。"父亲要我们把午餐给他送过去。"她对邦妮说。

"送到哪儿？"

"你觉得送到哪儿？电话响的时候你为什么不接？"

"因为我在上西班牙语课啊?"邦妮愤愤不平地说道,把手移开露出书页。

"那就休息一下,往实验室跑一趟。"

"你爸周六还在实验室?"爱德华问邦妮。

"他总在实验室?"邦妮说,"他一周七天都要工作?"

"什么,周日也工作?"

"我不知道为什么你不给他送去。"邦妮没有回爱德华的话,而是对凯特说道。

"我在干园艺活,这就是为什么。"凯特说。

"我开车送你去,"爱德华对邦妮说,"那个实验室具体在哪里?"

凯特说:"抱歉,邦妮不能和一个男生单独驾车出去。"

"爱德华不是一个男生!"邦妮抗议道,"他是我的辅导老师?"

"你知道父亲定的规矩。直到你年满十六岁。"

"但我开车很当心的。"爱德华对凯特说。

"抱歉,这是规矩。"

邦妮重重地合上书本,把它摔在躺椅上。"我学校里很多女孩比我年纪小好几岁,天天晚上和男生单独驾车出去玩。"她说。

"跟父亲说去,不是我定的规矩。"凯特说。

"也差不了多少。你和他一个样子,一片豆荚上的两颗豌豆。"

"我什么?收回这句话!"凯特说,"我和他一点都不像!"

"哦,真是不好意思,我错了。"邦妮说。嘴角浮起一个甜美的微笑,凯特以前认识的所有七年级的刻薄女孩都会有这种笑容。她站起来说:"走吧,爱德华。"

他也站了起来,跟在她身后。"我是这个家里唯一一个正常人。"她对他说。凯特跟着他们穿过客厅。在厨房门口,她只得站到一边,因为邦妮已经拿好东西从厨房气势汹汹地走出来,用力晃动着手里的午餐袋。"另外两个都是疯子。"她对爱德华说着。他像个宠物狗似的一路跟着她来到了房门口。

凯特打开冰箱,拿出早上在熟食店里买的烤牛肉三明治。尽管她都还没做好下周的素食肉糜,她已经开始觉得好久没吃肉了。

就在她剥开三明治包装纸这会儿,她恰巧往窗外瞟了一眼,看见明茨家的那辆小货车正从他们家车库里倒出来。邦妮坐在副驾驶座上,眼睛直视前方,那个得意劲儿俨然像是皇室出行。

好吧,行啊,就这样吧。如果她父亲那么在意他那些宝贝规矩的话,他就应该下定决心坚持执行。

"我怎么不记得我之前不能和男生单独驾车出去。"当初父亲宣布这条规矩时,她曾这样对他说。

"我怎么不记得有哪个男生约你出去过。"她父亲回答。

凯特允许自己稍作幻想:有一天邦妮也会变老,会以金发女郎中常见的那种不幸方式老去。她的头发会干枯如稻草,她的脸颊会像熟透的苹果那样皱巴巴的,红得过了头,而双唇却暗淡无色。她长大了竟出落得这样令人失望,她们的父亲会私下里对凯特说。

后院靠围墙的地方有一把混凝土长椅,表面斑驳凹凸,长出了青苔。从来没人坐过这把椅子,但今天凯特决定不在厨房里吃饭,而是把三明治带到这里来享用。她在长椅的一端坐定,放着三明治的盘子摆在她边上,她把头微微后仰,望着头顶上的树。

较低的树枝上停着一只狂躁的知更鸟，跳来跳去，发出清脆尖厉的叫嚣声，让她不得清净。或许它在那里筑了个巢吧，尽管凯特一个鸟巢也没看见。房子外边的小巷对面，有一棵参天橡树，树上停着另外两只鸟儿，凯特看不见它们，只听到两只好像在聊着天。"杜威？杜威？杜威？"一个说。另一个说："休！休！休！"凯特不知道第二只鸟儿是在和第一只打招呼，还是在教训它。

干完园艺活后，她要把她的肉糜食材一股脑儿地放进慢炖锅里，然后给所有的床换上干净的床单，清洗换下来的床单。

然后呢，做什么？

她一个朋友也没有了。他们都随着自己的生活一个个走远——大学毕业，在遥远的城市找了工作，有些甚至都结婚了。圣诞节时他们或许会回巴尔的摩探亲，但大多数已经不会再给她打电话了。他们之间又有什么好聊的呢？现在，她唯一会收到的短信，就是告知她邦妮放学后被留了下来，需要她开车去学校载她回家。

杜威和休这会儿安静下来，知更鸟也飞走了。凯特告诉自己，这说明知更鸟认为她是值得信任的，尽管这当然只是她的想象。她咬了一口三明治，专心致志地凝视着附近的一丛风信子，借此表明她可没兴趣抢它那愚蠢的鸟窝。风信子的白色花朵层叠绽放，卷曲的花瓣让她想到羊排外面那层褶皱的锡纸。

"卡啰？"

她停下咀嚼。

皮奥特尔从后门走下后门的台阶。他今天穿着实验室大衣，当他穿过草坪向她走来时，大衣前襟敞开来，拂在里面的 T 恤衫上。

她不能相信。她不能相信他居然还有胆量来她家。

"你是怎么进来的?"他一走近,她就厉声问道。

"前门敞开着啊。"他说。

该死的邦妮见鬼去吧。

走到她身边时,他停住了,站在那儿低头看着她。至少他还算识相,没有试图跟她聊起来。

她想不出他有什么理由出现在这里。他肯定已经知道她不想和他有任何关系,即使她父亲出于某些原因尚未告诉他这点。但是她父亲应该是告诉他了,她能感觉到。往常她见到皮奥特尔时,他都是略带蹦跳地来到她面前的(她回忆时突然想到),似乎在说"我来啦",然而今天他却一脸严肃,面带愧色,站姿几乎如军人般笔直挺立。

"你想要干什么?"她问他。

"我来向你道歉。"

"噢。"

"巴蒂斯塔博士和我怕是冒犯到了你。"

他竟然了解这点,让她既感到欣慰,又觉得受辱。

"让你欺骗你们政府,是有欠考虑,"他说,"我觉得美国人可能对于这种事有负罪感。"

"何止是有欠考虑,"她说,"这简直是贪心自私,侮辱他人,而且……可耻可鄙。"

"啊哈!鼹鼠[1]。"

"哪里?"她问,然后迅速转身往她背后的灌木丛里张望。

---

[1] 原文为"shrew",除了"鼹鼠"之外,还有"悍妇"的意思。

他笑起来。"真有喜感。"他说。

"什么?"

她转过身,发现他正笑意盈盈地低头看着她,脚后跟和脚趾交替点地让身体前后晃动着,双手插在裤袋里。显然他自行想象他们已经和好如初了。她拿起自己的三明治,挑衅似的狠狠咬了一大口,然后开始咀嚼起来。而他只是继续对着她微笑。他看上去好像不紧不慢,悠然自得。

"你知道你可能会被逮捕,"吞下那口后她对他说道,"为了得到绿卡和某人结婚,这是犯法的。"

他看上去并不担心的样子。

"但我接受你的道歉,"她说,"那么,回见。"

其实她这辈子都不想再看他一眼。

他长长地舒了口气,手从口袋里掏出来,走过来和她并排坐在长椅上。这是凯特未曾料到的。她的餐盘隔在两人中间,似乎处境危险,但是如果她拿起盘子的话,他可能会觉得这是在暗示让他靠近一点。于是她索性不去管它。

"不管怎么说都是愚蠢的念头,"他说,目光呆滞地对着前面的草坪,"显然你可以随心所欲地选择丈夫。你是个非常独立的姑娘。"

"女人。"

"你是个非常独立的女人,你的一头秀发让你从来不必往美发店跑,而且你看上去有舞者的气质。"

"别夸过头了。"凯特说。

"有佛朗明哥舞者的气质。"他说。

"哦,"她说,"是弗拉明戈。"

用脚踏击地板,嗯,确实叫弗拉明戈更说得通[1]。

"好了,皮奥特尔,"她说,"谢谢你过来一趟。"

"你是我认识的人当中唯一念对我名字的人。"他难过地说道。

她又咬了一口三明治,咀嚼起来,目光和他刚才一样直直地望着前面的草坪。"为什么你管巴蒂斯塔博士叫'父亲',而你妹妹管他叫'爸爸'?"他问道。

"是他让我们叫他'父亲'的,"她说,"但你知道我们家的邦妮妮。"

"啊。"他说。

"既然谈到这个话题了,"她说,"那么他叫你'皮奥德尔',你为什么叫他'巴蒂斯塔博士'?"

"我可不能叫他'路易斯',"皮奥特尔用大受震惊的语气说道("路威-维斯"他发的好像是这个音),"他太出名了。"

"真的吗?"

"在我们国家就是这样的。很多年来他的名字都是如雷贯耳。当我宣布要前往美国做他助理时,我所在的研究所里抗议声一片。"

"这是真的吗?"凯特说。

"你不知道他的名气?哈!就像我们一句谚语说的:'全世界敬重仰慕的人却——'"

"没错,我知道你的意思了。"凯特忙不迭打断。

"他有时确实有些独断专行,但我还见过别的像他这样厉害的

---

[1] 弗拉明戈,Flamenco,西班牙一种特色舞蹈,皮奥特尔发音不准,说成了比Flamingo,意为火烈鸟。Flamenco本意为逃跑的吉卜赛人,所以作者才在分析说,用脚踏击地板。

人更加不通人情的。他都从来没冲我吼过！看他对你妹妹的宽容态度就知道了。"

"我妹妹？"

"她挺没大脑的，对吧？你知道的。"

"轻浮愚蠢，"凯特说，"不是开玩笑的。"

就在这会儿，她自己也感到飘飘然地荡漾起来。她开始微笑了。

"她头发烫成大波浪，眼睛眨个不停，还拒绝摄入动物蛋白质。而他都没有指出她的这些毛病。他人真的很和气。"

"我不觉得这是因为他为人和气，"凯特说，"我觉得这是因为他偏心。这再常见不过——那些疯癫天才科学家被傻乎乎的金发女郎迷得神魂颠倒，越蠢的他们越喜欢。这几乎都成规律了。很自然，金发女郎也会对他们着迷，很多女人都是这样。你真该瞧瞧我父亲在塞尔玛姨妈家的圣诞聚会上有多受欢迎！所有这些女人都围着他转，因为她们觉得他难以读懂、遥不可及、神秘莫测。她们觉得自己会是最终破解这个未解之谜的人。"

对着一个不能完全听得懂英语的男人大讲一通，让凯特感觉到了某种释放。她可以畅所欲言，而其中一半的话都会化作他耳边的一阵风，尤其是她不假思索匆匆说出的那些话。"我不知道邦妮怎么会变成这样，"她对他说，"她刚出生时，我或多或少是把她当成自己孩子的。当时我正处于小孩子都会经历的那种喜欢照顾小宝宝的年纪。而她小时候也是把我当妈妈的，她会模仿我的一言一行，她哭的时候，我是唯一能让她破涕为笑的人。但自打她十几岁开始，她就有点……怎么说呢，有点弃我而去了。她变成了一个全然不同的人，一个社会化的人，一个社会化的、外向的人。然后不知怎么她就把我看成了一个事事跟她作对的阴险老女佣。实际上我才二十九岁。我都不知道这一切是怎么发生的！"

皮奥特尔说："不是所有科学家。"

"什么？"

"不是所有科学家都喜欢金发女郎。"他说，突然他那中分盖头下的眼睛斜瞥了她一眼。显然她刚才说的话他一个字也没听进去。这让她觉得好像做了坏事没被发现似的。

"嘿，"她说，"要吃剩下的这半块三明治吗？"

"谢谢！"皮奥特尔说。他毫不犹豫地拿起三明治，咬了一口。他咀嚼时下巴那里会有一块突起的肌肉。"我想以后我就叫你'凯特娅'吧。"他嘴里塞满了三明治说道。

凯特不喜欢有人叫自己"凯特娅"，但既然她再也不用看见他了，她也就懒得告诉他自己的感受。"噢，好吧，随你吧。"她漫不经心地说道。

他问她："为什么美国人说话时总是一点一点进入正题呢？"

"不好意思？"

"他们每说一句话，开头总要加上'哦……'，或是'好吧……'，或是'嗯……'，或是'不管怎么说……'。他们总以'所以……'开头，即使前面没提到任何可能引出结论的原因，或是以'我是说……'开头，即使他们之前没说任何需要澄清意思的话。一阵沉默之后他们就直接这么来了！'我是说……'，他们的开场白。他们为什么要这样呢？"

凯特说："哦，好吧，嗯……"慢悠悠地拖着长音。他一时没反应来，不过接着就爆发出短促响亮的笑声。她从来没见过他大笑。这让她也情不自禁地微笑起来。

"话说回来,"她说,"你们为什么这么唐突地说起来呢?你们一上来就自顾自说起来了!'这个啊那个啊',你们的开场白,像个锤子似的毫无余地地砸下来。一锤定音,确凿无疑。你们说的每一句话听起来都像是——政府条令。"

"我明白了,"皮奥特尔说,接着又好像是纠正错误似的补了一句,"噢,我明白了。"

现在她也笑了,嘴角微扬。她又咬了一口三明治,他也咬了一口。片刻过后她说:"有时候我觉得外国人喜欢特别的口音。你知道吗?听一个外国歌手演唱一首美国流行歌曲,比方说,或是听外国人讲个故事,他们偏喜欢拖个南方式的长音,或是带上牛仔腔的鼻音。他们明明可以发得很标准,完全听不出口音!他们明明可以学得和我们一模一样。这时候你就会发现他们其实根本不想像我们那样说话。他们以带有口音为荣。"

"我并不自豪,"皮奥特尔说,"我巴不得不带口音。"

说这话时他低头看着自己的三明治——他双手捧着三明治,垂目凝视,中分盖头遮住了他的眼睛,她因此猜不到他在想什么。突然她想到,他真的在想什么——只是他那个外在的自我总发错 /th/ 的音,在辅音之间停顿时间过短,然而他内在的所思所想却和她本人的别无二致,同样复杂多面。

好吧,行吧,这本来就是再显然不过的事实。然而不知为何,仍然是个意外。她感到心中某种东西发生了调整——视野的微调。

她把三明治的面包皮放到盘子上,在裤子上擦了擦手。"你现在打算做什么呢?"她问他。

他抬起头来。"做?"他说。

"关于你的签证。"

"我不知道。"他说。

"抱歉我帮不了忙。"

"没关系,"他对她说,"这是真心话。感谢你的安慰,不过我感觉会有解决办法的。"

她看不出能有什么解决办法,但这次她决定践行克制原则,对此闭口不言。

他吃完了他那一半三明治,连面包皮也一起吃了,然后掸了掸手掌上的面包屑。但他并没有起身离开的意思。"你们的后院真好看。"他四下环顾,说道。

"谢谢。"

"你喜欢干园艺活?"

"是啊。"

"我也喜欢。"他说。

"我没从大学退学以前,甚至还想着我会成为,哦,一位植物学家或是类似的什么。"

"你为什么从大学退学?"

然而现在她已经聊够了。她看出他肯定已经觉察到自己对他似乎温柔了些,他是在得寸进尺。毫无预兆地,她站了起来,说道:"我送你到你停车的地方去吧。"

他也站了起来,一脸诧异。"不急的。"他对她说。

但她已经往前院走去,就像没听见他的话,他迟疑了一下也跟了上来。

就在他们绕过房子走到前面去时，明茨家的小货车正好开进他们家车道，邦妮从副驾驶座窗户里伸出手向他们挥舞着。她看上去对于凯特撞见她坐在爱德华的车上毫不介意。"嘿，又见面了，皮奥德尔。"她叫道。

皮奥特尔朝她的方向挥了挥手臂，但没有回答，凯特则转身回去继续干自己的园艺活。今天真是美好的一天，她意识到。她还在发狂似的生父亲的气，但她告诉自己父亲硬要塞给她的这个男人至少不是个浑蛋，这点让她隐约感到了些许安慰。

第六章

"凯瑟琳,我最亲爱的!"她父亲说道,"凯特宝贝!我的掌上明珠!"

凯特从书中抬起头来,说:"嗯?"

"我感觉肩上好像卸下了一个沉重无比的包袱,"他说,"我们来庆祝一下。邦妮在哪儿?我们的那瓶酒还在吗?"

"邦妮去朋友家过夜了。"凯特说。她折下一页书角,把书放到身旁的躺椅上,"我们庆祝什么?"

"哈!说得好像你不知道似的。跟我来厨房。"

凯特站起身来。她已经开始觉得不对劲了。

"那个皮奥德尔还挺机灵的,对吧?"她父亲边说着边在她前面走进厨房,"他在邦妮和她辅导老师还在家里的时候偷偷从实验室溜了出去,招呼都没打一声。他没告诉我那消息之前,我怎么都没想到他来找你了。"

"什么消息?"

她父亲没有回答。他打开冰箱,蹲下身子在冰箱里找着什么。

"你说的到底是什么消息?"凯特问他。

"啊哈!"他说。他直起身转向她,手里举着一瓶基安蒂红酒,酒瓶木塞在上次喝完后没盖紧。

"那都是几个月以前的酒了,父亲。"

"是的,但这段时间它一直都保存在冰箱里。你知道我那套系统的。给我拿几个玻璃杯。"

凯特伸手够向瓷器橱柜的最上一层。"告诉我,我们到底为什么喝酒?"她递给他两个落满灰尘的玻璃酒杯时说道。

"为什么?皮奥德尔说你现在喜欢上他了。"

"他这么说的?"

"他说你们两人一起坐在后院里,你请他吃了顿美味的午餐,你和他还相谈甚欢。"

"好吧,我只能说他讲的这些或多或少是真的吧,从某种角度上来说,"凯特说,"然后呢?怎么了?"

"然后他有信心了啊!他觉得有戏了!"

"他居然那么想!哦,真该绞死他!他就是个疯子!"

"现在,现在。"她父亲和气地说道。他正把酒倒进玻璃杯里,然后退后一步看看倒了多少,这样做时他嘴上的胡子挤到了一起。"五盎司。"他说,基本是自言自语。他递给她一个玻璃杯,"十六秒。"

她把杯子放进微波炉里,按下相应的按钮。"这只能说明,"她说,"好心没好报。我是认真的!他不请自来,都没跟我说一声就闯进家里,尽管前门确实敞开着,邦妮从来都不关,让我加上一句——我们完全有可能被抢劫一空,反正她也不会在意——然而尽管如此,他趁机擅闯还是粗野无礼的。打扰了我本来吃得好好的午餐,还吃了我一半的烤牛肉三明治,我承认是我主动问他要不要的,但他也可以拒绝啊,只有像他这样的外国人才会那样不假思索地扑上去——"

"你不打算拿出来吗?"她父亲问。他的下巴朝微波炉方向侧了侧,示意在说微波炉,它在刚才已经响过"叮"的提示音了。

"——看看他是怎么歪曲事实的!"凯特边说着,边把第一杯酒拿出来,换上第二杯。她再次按下按钮,"我还能怎么做呢,傻坐在那儿一声不吭?我肯定会和他说话啊,但我已经能不说就不说了。可他现在居然有胆说我喜欢上他了!"

"但他确实挺讨人喜欢的,不是吗?"她父亲问。

"可我们不是仅仅在谈论喜欢不喜欢,"她说,"你是要我嫁给那人。"

"没有,没有,没有!没有让你马上嫁,"她父亲说,"别说过了头。我仅仅是要求你三思而后行。稍微考虑一下我的方案。不用想太多。当然,眼看已经四月了。但——"

"父亲!"凯特语气严厉地准备说起来。

"酒呢?"他又侧了侧脑袋,提醒她。

她从微波炉里拿出第二个杯子,他则高高举起第一个杯子。"祝酒!"他提议,"敬——"

她知道他接下去肯定要说"敬你和皮奥德尔",然而他说的却是"敬保持思想开放"。

他呷了一口。凯特没喝,她放下杯子搁在台子上。

"真美味,"他说,"我该把这套方法分享到《葡萄酒爱好者》杂志上。"

他又更深地啜了一口。现在天气暖和了,他终于脱掉了穿了一个冬天的方格纹长袖汗衫。他挽起工装连体裤的袖子,露出光溜溜的前臂，胳膊细细瘦瘦的，长着黑色的体毛，显出奇异的脆弱之态。凯特一时间对他顿生怜悯，忘记了自己此前的怒火。他看上去是这样笨拙无能，却要赤手空拳地与他所身处的世界周旋。

她几乎是柔声细语地说道："父亲。接受事实吧。我永远不会答应嫁给一个我不爱的人。"

"在其他文化的社会里，"他说，"包办婚姻是——"

"我们不是其他文化的社会，而且这也不是包办婚姻。这是人口拐卖。"

"什么？"他一脸惊恐。

"嗯，难道不是吗？你试图在违背我意愿的情况下将我卖掉。你要把我送去和一个陌生人同居，和他睡觉，而这全都是为了你自己的利益。这不是拐卖是什么？"

"哦，天哪！"他说，"凯瑟琳，老天啊。我从来没想过让你和他睡觉。"

"你不是这样想的？"

"怪不得你这么不情愿。"

"那么你想的是什么？"她问。

"呀，我只是想……我是说，老天！没必要做那种事的。"他说着，又喝了一大口酒，然后清了清嗓子，"我想的只是，我们基本上可以一切照旧，除了皮奥德尔会搬过来和我们一起住。这点，我觉得是没法避免的。但他可以住在以前拉金太太睡的那间房，你还继续待在你的房间。我以为你都知道这些。我的天啊！"

"你没想过移民局可能会怀疑我们？"凯特问他。

"为什么怀疑？很多夫妻都是分房睡觉的，移民局不可能不知道。我们可以说皮奥德尔打呼噜。没准他真的打，谁知道呢。看看，现在……"他开始在工装裤的各个口袋里翻寻，然后掏出他的手机。"看看，我可下了功夫呢。"他说，"我知道他们会看什么。我们需要提供你俩相识相爱的记录，向他们证明……"他眯着眼低头看着手机，按下一个键，然后再按下一个，接着又眯起眼睛。"照片，"他对她说，一边把手机递给她看，"陆陆续续拍下来的。记录了你们的共同时光。"

屏幕上，凯特和皮奥特尔两人在凯特父亲实验室的桌边斜朝对方坐着，凯特坐在一把高脚凳上，皮奥特尔则坐在一张折叠椅上。凯特穿着她那件风衣，皮奥特尔套着实验室大衣。他们面带惊讶疑惑的神色看着观察者。

她滑到下一张照片。还是一样的姿势，只是这张上面凯特直接在和拍照人讲话，可以看到她脖子上有两块尖锐突起的肌腱，她自己以前从来没注意过。

下一张照片是从后面拍她的，她伫立在人行道上，离镜头有点远，模模糊糊的，只见她正转向一个跟在她身后的男人，但照片是从后面拍的，看不清楚那个男人是谁。

再下一张照片，那个男人抓住了她的手臂，两人一起超过了前面的另一对男女。

原来父亲在跟踪她。

然后是她和皮奥特尔两人面对面坐在巴蒂斯塔家的餐桌边，不过这张邦妮抢镜了，她手里举着的蜂蜜罐头挡住了皮奥特尔的脸。

然后还是在餐桌上，这次是皮奥特尔坐在凯特边上，偷拍者站在皮奥特尔身旁,没拍到凯特的头。这是最后一张了。

"我正打算把这些照片发给你,等我研究出怎么传照片,"她父亲说,"我之前在想,你还应该开始给他发短信。"

"你说什么?"

"前两天我在报纸上看到说移民局有时还会问夫妻要他们的手机。他们会检查里面的每一条短信,以确保两人之间的关系是真实的。"

凯特把手机递给父亲,但他正忙着往自己酒杯里倒酒。不知不觉地他已经喝完一杯,现在连那酒瓶都快见底了。他把重新倒满的杯子递给她,说:"十四秒。"

"只要十四秒?"

"嗯,现在微波炉里面已经热起来了。"

他接过自己的手机,放进口袋里,然后站在那儿等着,凯特则转过身把他的杯子放进微波炉里。

"其实,我本来没想谈论这事的,"他说,"但我觉得这次就快成了。我可能已经离一个重大突破不远了,可就在这时那些大人物开始对我的项目失去信心了。如果皮奥德尔能继续留在实验室,如果我们真的能成功……你知道这对我将意味着什么吗?打了太久的持久战,凯特。一场旷日持久、让我精疲力竭、心灰意冷的持久战,让我告诉你吧,我也知道有时候我看起来肯定就像只在意我的研究似的——我知道你母亲以前就是这么觉得的。"

他打住了,又向微波炉方向侧了侧下巴。凯特拿出酒杯递给他。这一次,他一口气喝下了半杯,凯特不知道这样做是否明智。他并不经常喝酒。但从另一方面来说,全亏了酒精的作用他才突然变得健谈起来。"我母亲?"她想听他继续说下去。

"你母亲觉得我们应该过周末,甚至还要有假期!她不懂。我知道你懂的,你更像我。和我一样更加通情达理,脚踏实地。但你母亲,她那个人非常——敏感脆弱,就是这样。她讨厌一个人待着。你能想象吗,鸡毛蒜皮的小事都能让她心生绝望。她曾不止一次对我说过,她觉得人生没有意义。"

凯特将双臂抱在胸前。

"我对她说:'是啊,你当然会这么觉得,最亲爱的。我也没法问心无愧地说人生是有意义的。难道你以前曾经相信人生是有意义的?'然而这话也不能安慰她。"

"是吗?"凯特说。

她伸手拿起自己的酒杯,猛灌了一口。"很多女人,在有了宝宝之后都感到幸福美满,"她一吞下就说道,"她们不会突然而然地觉得活着没有意思。"

"嗯?"她父亲正郁郁寡欢地盯着自己杯底的酒渣。然后他抬起目光。"哦,"他说,"这和你没有一点关系,凯特。你是在想这个吗?她在你远未出生的时候就一蹶不振了。恐怕错的人是我,起码从某种程度而言。恐怕和我结婚把她给害了。无论我说什么,好像她都会误会我的意思。她觉得我轻视她,觉得我总表现得比她聪明。这当然是没有的事。我是说,毫无疑问我确实比她聪明,但智力不是婚姻中需要考虑的唯一因素。不管怎么说,她好像一直都没有从低落情绪中走出来。我感觉自己好像是站在沼泽边缘,眼看着她被淹没。她也尝试了各种各样的治疗方法,但最终都会说它们无济于事。吃药,她也不是没试过。各种抗抑郁药——

SSRI[1] 和其他种种。没有一个有用，有些还有副作用。最后我一个从英国来的同事告诉我他发明了一种药，在欧洲已经开始用了，美国这里还没批准，但他见证过这药的神奇功效，他给了我一些，你母亲服用了。然后，她就像是变了个人：精力充沛！活力四射！生龙活虎！你当时念八年级，她突然开始兴趣盎然地参加教师家长协会[2]的会议，还自告奋勇地陪你们班同学去野外旅行。我重新找回了从前的塞娅，找回了我当初遇见的那个女人。然后她说想要再生个孩子。她说她一直想要六个孩子，我说：'嗯，这是你的决定，亲爱的。你知道在这些事情上我都听你的。'没多久她就怀孕了，然而当她去找医生确认情况时，我们才知道那个神奇的药损害了她的心脏。欧洲人已经开始怀疑了，他们正在把这药从市场上撤下来。只是我们还没听说这事。"

"她心脏的毛病就是因为这个引起的？"

"是的，我承认我对此负全部责任。如果不是因为我，她永远不可能知道那个药，也不会需要那个药，你姨妈总这么说。"他饮尽最后一口酒，放下酒杯搁在旁边的台子上，动作有点过于郑重其事。"虽然，"顿了一下后他说道，"我猜这事确实给我那同事提供了宝贵的数据。"

"她曾经和我一起野外旅行？"凯特问，她努力让自己想象有过这样的事，"她对我感兴趣？她喜欢我？"

"是啊，当然了。她爱你。"

---

[1] 一类抗抑郁药，学名为"选择性5-羟色胺再摄取抑制剂"。

[2] PTA, Parent-Teacher Association。

"此刻我真想念她!"凯特说,听起来简直像一声哀号,"我不记得了!"

"你不记得你们以前怎么一起去购物的了吗?"

"我们有一起去购物过?"

"她可开心了,她说,有个女儿能一起做女孩子才会做的事情。她带你去买衣服,在外面吃午饭,有一次你还去做了美甲。"

这让她有种奇怪的、无所适从的感觉。不仅是因为她轻描淡写地遗忘了她本以为会毕生珍藏的记忆,还因为这段记忆中她竟然做着她本以为自己会深恶痛绝的事。她可没法忍受购物!然而显然她那时是自愿跟着母亲一起去的,甚至可能还很享受购物的过程,就好像孩提时代的凯特和成年之后的凯特是两个截然不同的个体。她低头看着自己没有颜色的不光滑的手指甲,怎么都不能相信它们曾经被专业人士之手搓平、磨亮并涂上指甲油。

"所以我们就有了邦妮。"她父亲继续说道。或许是喝了酒的缘故,他的声音有点含混不清,眼睛的镜片也模糊起雾了。"当然,我很高兴我们有了她。她长得漂亮可人,又没心没肺的,活脱就是你母亲结婚前的样子。但她有点,这么说吧——智力平平。她也不像你那么有勇气,有条理。凯特,我知道自己太过于依赖你。"他伸过手,将指尖贴在她手腕上,"我知道自己对你的指望超过了应有的程度。你照顾妹妹,操持家务……我担心你永远都嫁不出去。"

"哦,谢谢你。"凯特说着遽然将手腕从他指尖下抽走。

"不是,我是说……哦,我总把话说得这么不中听,不是吗?我只是说,你没有一个可能遇见丈夫的环境。你成天关在家里,你在花园里忙东忙西,你在学前学校里照顾孩子,仔细想想,学前学校真是世界上最不可能……我太自私了。我本该让你重回学校的。"

"我并不想重回学校。"凯特说。她当真不想,顿时一阵丧气感涌上心头。

"然而还有别的学校,如果那所大学不适合你的话。我并不是不知道这点。你可以在约翰·霍普金斯大学完成学业的!但我一直在纵容自己。我对自己说:'哦,她还年轻,还有的是时间,同时我们家需要她。我也喜欢让她陪着我。'"

"你喜欢我陪着你?"

"这或许,也是我想着撮合你和皮奥德尔的另一个原因。'我还能把她继续留在身边!'我一定是这样想的。'不会伤害她的,这只是名义上的婚姻,她可以继续待在这座房子里。'你完全有理由生我的气,凯特。我欠你一个道歉。"

"哦,好吧,"凯特说,"我猜我理解你的立场了。"

她想起她从大学回家的那个晚上。她事先没通知就拖着几个行李箱——她去上学时带的全部家当——回来了,当出租车把她放在家门口时,她看见父亲正在厨房里,身上的那件工装连体裤外面套了件围裙。"你在这里干什么?"他这样问道。她回答说:"我被开除了。"说得甚至比实际情况还严重,因为她只想先把最糟糕的部分给交代了。"为什么?"他问道。她就跟他说了那个教授愚不可及的关于光合作用的课。当她父亲说"嗯,你是对的"时,她感到一种压倒一切的如释重负感。不,不仅仅是如释重负,是开心,纯粹的开心。她真诚地认为那可能是她平生最快乐的时刻。

此刻她父亲正把酒瓶举到窗户前,显然是希望瓶底还有一两滴剩余。

她说:"你刚才说'名义上的'……"

他回头望着她。

"如果只是走个形式,"她说,"如果只是做件法律意义上的小事,就能让你改变他的签证状态,在此之后我们还能再变回来……"

他把酒瓶重新放回台子上。他紧张地站在那里,很可能是屏息凝神的。

"我觉得这也不算那么不得了的事。"她说。

"你这是同意了?"

"哦,父亲,我不知道。"她满心疲惫地说道。

"但你可以考虑一下。你是这个意思吗?"

"我想是吧。"她说。

"你真的可能为我这么做吗?"

她迟疑了一下,然后对着他浅浅地点了下头。下一秒钟她就问自己到底是在想什么,但来不及待她思忖,她父亲已经一把将她拉过来,给了她一个势不可挡的熊抱,然后又一把将她推开,欣喜若狂地凝视着她的脸。"你会这么做的!"他说,"你真的会的!你真的很在意我,才会这么做!哦,凯特,我的宝贝,我都不知道该怎么表达我的感激之情了。"

"我是说,看起来这件事也不会对我的生活造成太大的影响。"她说。

"不会有一点影响,我发誓。你都不会知道多了他这号人,一切都会和从前一样哦,我会尽全部努力把事情给你安排得顺顺当当的。一切都将改变!一切都有了希望!现在我能肯定我的项目会成功了。谢谢你,甜心!"

停顿片刻,她说:"不客气。"

"所以……"他说,"然后……凯特?"

"什么?"

"你觉得你能帮我算完我的个税吗?我试着自己算了,但是——"说着他退后一步,滑稽地张开他瘦长的双臂,一副无助的样子,"你知道我这个人。"

"是的,父亲,"她说,"我知道的。"

第七章

周日　上午11：05

嗨，凯特，我给你发短信呢！
嗨。
在家吗？
拼写完整，看在上帝的分儿上。你又不是什么小年轻。
你现在在家吗？
不。

芭蕾舞演员娃娃和水手娃娃结婚了。水手娃娃还是穿着他那件旧海军服，但芭蕾舞演员娃娃换上了一袭白色纸巾做的全新婚纱，前面用一张纸巾，后面用一张纸巾，在腰际用一条马尾辫扎头绳绑在一起，底下因为塞了蓬蓬的芭蕾舞裙而鼓起来。婚纱是艾玛·G做的，但那条扎头绳是吉莉添上的，艾玛·K则知道新娘怎么走下教堂过道，怎么在圣坛与新郎走到一起。显然艾玛·K不久前某个时候才刚在一场婚礼中做过撒花女童。她巨细靡遗地向大家讲解了持戒男童、抛撒花束，还有那个"摩天大楼那么高的婚礼蛋糕"是怎么回事,其他小女孩听她说着,如痴如迷。她们没想到问凯特这些细节,尽管她们玩这场过家家婚礼的起因正是凯特不久要结婚的消息。

凯特开始想的是不告诉任何人。她会在一个星期六结婚——五月的第一个星期六,离现在不到三个星期了——然后在接下来那个星期一照常来学校,神不知鬼不觉。但她父亲得知她还没把消息放出去之后大失所望。移民局肯定会来她工作的地方调查情况的,他说,到时候如果她同事都以为她还单身的话,就太可疑了。"你应该勇敢点,告诉大家这个消息,"他说,"明天你应该满面春风地走进去,到处向别人炫耀戒指,然后编一个关于你俩恋爱长跑的动人故事,这样移民局来调查的时候就可以听到详尽的细节。"

移民局成了家里的最新威胁。凯特将移民局想象成"他"——一个西装革履的男人,相貌英俊却没有特征,就像黑白片中的侦探。他的声音甚至都会像黑白电影中那样,穿透力强,一听便是老辣之人。"凯瑟琳·巴蒂斯塔?移民局。想问你几个问题。"

于是第二天,星期二的早上,她来学校上班时戴着她姑婆的那枚钻石戒指,还没去四岁班教室就先进了教师休息室。大多数教师和几名助理都在那里围着烧水壶站着,她走过去静静地伸出了左手。

鲍尔夫人是第一个发现的。"哦!"她尖叫起来,"凯特!这是什么?是订婚戒指吗?"

凯特点了点头。她不太能做到"满面春风"这一点,因为鲍尔夫人教的是二岁班——就是亚当做助理的那个班。她肯定会径直来到二岁班,告诉亚当凯特订婚了。自从凯特决定卷入这事以来,她一直在想象把消息告诉亚当的情景。

接着所有女人都围了过来,惊叫着问着她各种问题,如果说凯特看上去不愿多谈的话,她们很可能将其归结为她惯常孤僻性格的表现。"你可真狡猾!"费尔韦瑟夫人说道,"我们都不知道你有男朋友了!"

"是啊,嗯。"凯特嘟囔着说。

"男方是谁啊?叫什么名字?他是做什么的?"

"他叫皮奥德尔·施谢尔巴科夫,"凯特说,并非刻意为之,但她这次却和她父亲发了一样的音,想让这个名字听起来不那么像外国人名,"他是个微生物学家。"

"真的啊!微生物学家!你俩怎么认识的?"

"他在我父亲的实验室工作。"她说,然后望了昌西夫人一眼,说道,"哎呀,四岁班没人看着。"试着以此为借口脱身,不让她们有机会问更多问题。

然而她们当然没有那么轻易地就放过她。皮奥特尔是哪里人?他肯定不是巴尔的摩的男生。她父亲赞成他们在一起吗?什么时候举行婚礼?"这么快!"得知日期后她们叹道。

"嗯,三年前他就在了。"凯特说。严格来说,这算实话。

"但你有许许多多计划得做!"

"还好,就是个很低调的婚礼。只有家人参加。"

她看得出,这让她们失望了。她们本是想着能参加婚礼的。"乔治·安娜结婚时,"费尔韦瑟夫人提醒她,"请了整个班的孩子,记得吗?"

"我不会搞那样的婚礼,我们俩谁都不想穿礼服。"她说,"我们"这个词说起来不太顺口,听着也很别扭,就好像她嘴里蹦出了颗石子似的,"我有个舅舅是牧师,他会为我们主持一场私人婚礼。只有我父亲和我妹妹做见证人——我甚至都不会请我姨妈。她对这事歇斯底里。"

在教堂举行婚礼实际上已是妥协后的结果。凯特本来只想在市政厅快速了事,然而她父亲却想办一场正式的婚礼,现场照片可以作为说服移民局的有力证据。显然她的同事们与她父亲意见一致,她们彼此之间交换着难过失落的眼神。"那次孩子们就坐在乔治·安娜至亲的后面那排,每个孩子手里拿着一枝黄玫瑰,你还记得吗?"费尔韦瑟夫人问林克夫人。

"记得,因为乔治·安娜的婚纱是黄色的,最浅最漂亮的那种黄色,她丈夫则系了条黄领带,"林克夫人说,"双方母亲都因为她没穿白色婚纱而感到震惊。'别人会怎么看?'她们说,'谁听说过有新娘不穿白色婚纱的?'"

"然后乔治·安娜说:'嗯,很抱歉,但我一穿白色就显得面色苍白。'"昌西夫人说。

有时候,凯特会惊诧于教师休息室里的女人们在聊个不停的时候,听起来竟和四岁班上叽叽喳喳的小女孩们殊无二致。

是昌西夫人向凯特的班级宣布结婚消息的。"孩子们!孩子们!"全班刚唱完"早上好"之歌,她便拍着她那肥厚的手掌说道,"我有大好消息要宣布。猜猜谁要结婚了?"

一片沉默。然后利亚姆·M第一个猜道:"您,难道是?"

昌西夫人一脸郁闷,她结婚都三十五年了。"凯特小姐,是她！"她说，"凯特小姐订婚了。给他们看看你的戒指，凯特小姐。"

凯特伸出手来。一群小女孩喃喃地发出赞叹声，但大多数孩子看上去一头雾水。"这行吗？"贾森问凯特。

"什么行吗？"

"我是说，你母亲同意吗？"

"嗯……当然了。"凯特说。

萨姆森双胞胎明显不高兴了。课上他们没说什么，但那天上午后来在操场上活动时，他们走过来找凯特，雷蒙德问她："现在我们娶谁呢？"

"哦，你们会找到的，"她安慰他们，"找到和你们年龄更为接近的人，我保证。"

"谁呢？"雷蒙德问。

"这个嘛……"

"有雅米莎呢。"大卫提醒他。

"哦，也对。"

"还有——"

"行了，我就要雅米莎。"

"那我怎么办？"大卫问他，"我总是惹雅米莎生气。"

凯特没能听完这场讨论，因为就在这时亚当走了过来。他手里拿了件小小的粉色连帽运动衫，看上去神情阴郁，抑或这只是她的想象。"那个，"他说着来到她身边，目光望向远处的秋千，"我听说消息了。"

"消息？"她明知故问道。

"她们说你要结婚了。"

"哦,"她说,"那个啊。"

"我都不知道你有交往对象。"

"我没有,"凯特说,"我是说,算是有吧,但……这事非常突然。"

他点了点头,神情还是很阴郁。他的睫毛浓密漆黑,让他的眼睛也像是蒙上了层黑灰色的阴翳。

有那么一会儿,他们注视着一个三岁的小女孩,她正俯躺在一把两边绳子被她缠在一起的秋千上。她一圈一圈地打着转,如抓住救命稻草似的拽着绳子,脸上是高度专注的表情,然后她转够了,跳下秋千跌跌撞撞地走开了,活像个小小醉汉。

亚当说道:"你觉得,这样……明智吗?急匆匆做出这么大的决定?"

凯特飞快地瞟了他一眼,但他还在盯着那个三岁小女孩的背影看,所以没法看到他的表情。"或许不吧,"她说,"或许不明智吧。我不知道。"

沉默良久后,她说道:"但是这可能,你知道,只是暂时的。"

现在他终于看向她了。"暂时的!"他说。

"我是说,谁知道一场婚姻能否持久呢,对吧?"

那双眼睛的灰黑色阴翳更深了,眼帘垂了下来。"但它是一种**契约**。"他说。

"是的,但是……是的,没错。一种契约。你说得对。"

她又有了那种感觉,觉得自己长得太高大了,觉得自己说话太直白冒失了。她突然注意起了安特万,他在立体方格铁架上爬得太高了,看着有点危险,于是她没撂下一句话就走开去管安特万了。

周二　下午2：46

嗨，凯特！我去学校接你下班怎么样？
不用。
为什么不用？
今天轮到我负责"额外托管"。
我晚点来接你？
不用。
你太客气了。
拜。

一张新照：凯特僵硬地站在家里的前廊上，皮奥特尔站在她边上，笑容灿烂，尽管他的鼻子周围有点泛粉色。他们渐渐发现，他所谓的感冒其实是对某种室外东西的过敏反应。

然后是凯特和皮奥特尔坐在一家餐厅的长躺椅上。皮奥特尔如主人似的将右手伸在凯特身后的座位靠背上，这个动作让他看上去有点扭曲，显得用力过度，因为座位的靠背相当之高。同时他眉头微皱，正在努力适应室内的昏暗，他抱怨说美国餐厅的光线不够明亮。当然了，凯特的父亲也在场，因为得有人拍下照片。他和凯特各要了份汉堡，皮奥特尔要了份牛排配块根芹泥，上面洒着石榴糖蜜，然后皮奥特尔就和巴蒂斯塔博士讨论起了食物菜谱的"遗传算法"。凯特注意到，当皮奥特尔在专心听别人说话时，他的脸上会格外平静。他额头舒展，纹丝不动，注意力全落在说话者身上。

下一张，凯特和皮奥特尔坐在客厅的躺椅上，两人之间空着一英尺的距离，皮奥特尔咧嘴笑得正欢，又是那个把手伸在凯特身后的座位靠背上的动作，凯特则面无表情，只是僵硬地把左手凑到拍照者面前展示她的钻石戒指。或者也可能只是人造宝石。没人能说得准。这位姑婆以前是珠宝店售货员。

凯特和皮奥特尔在洗盘子。皮奥特尔穿了件围裙，举着一只洗完第一遍的盘子。凯特站在那里，斜眼看着他，仿佛不知道此人是谁。邦妮被拍进了一部分，她正朝镜头翻着她那双蓝色的大眼睛，一副不可置信的表情，仿佛不知道身旁**两人**是谁。

是邦妮教父亲如何将照片转发到凯特和皮奥特尔的手机上的，他本人对此一窍不通。她又翻了一个白眼，但还是向他演示了怎么做。然而她丝毫不掩饰自己得知这场婚姻计划后的惊愕。

"你变成什么了？"她问凯特，"奴隶吗？"

"只是暂时的，"凯特对她说，"你不知道现在实验室的情况有多糟糕。"

"不知道，我也不在乎。那个实验室和你没关系。"

"但它和父亲有关系。它是他的生活重心！"

"**我们**才应该是他的生活重心，"邦妮说，"他是怎么了？这个男人可以一连几个月忘记我们的存在，但同时又觉得他有权利告诉我们该坐谁的车，该和谁结婚。"

"宾格[1]。"凯特下意识地纠正邦妮的语法错误。

---

[1] 邦妮前面那句"……该坐谁的车，该和谁结婚"中的两个"谁"用的是"who"，正确的应该是用"who"的宾格"whom"。

"快醒醒吧，闻闻咖啡香，老姐。他这是拿你做祭祀品呢，你难道没看出来？"

"哦，行了，没那么严重，"凯特说，"这只是名义上的，记住了。"

但邦妮还是心烦意乱，以至于她手机响时，泰勒·斯威夫特都快把那首铃声歌曲给唱完了她才想起要接电话。

周五　下午4：16

嗨，凯特！明天我和你一起去杂货商店。
我喜欢一个人购物。
我过来是因为你父亲要和我一起做晚饭。
什么！
我明早八点开车来接你。
拜。

他的车是一辆老式大众甲壳虫，她很多年都没见过这种车了。车身是孔雀蓝的，整辆车饱经风霜，陈旧不堪，显得那蓝色好似不是漆上去的，而是用彩色粉笔刷的。然而除此之外，车子的状况却无可挑剔。考虑到他的开车方式，这不啻于一个奇迹。是否有什么自然法规定了科学家都是不会开车的？即使他们可能会开车，他们也因为一心沉浸在高深思考中而无暇看路。皮奥特尔则是盯着凯特看，边讲话边把脸完全侧向她，于是他的甲壳虫沿着41号街一路横冲直撞，别的司机只得刹车鸣笛，纷纷避让，车厢后排座位上的东西更是东倒西歪，书本啦，实验室大衣啦，空水瓶啦，快餐包装纸啦，全部乱成一团。

"我们得有猪大排骨，"他说着，"我们得有玉米粉。"

"瞧瞧你在做什么，看在上帝的分儿上。"

"这家店有卖枫糖吗？"

"枫糖！你们到底要做什么菜？"

"炖猪肉波伦塔[1]撒上枫糖。"

"上帝啊。"

"你父亲和我讨论过了。"

"食物菜谱的遗传算法。"凯特说，她想起来了。

"啊，你有注意的。你有听我在说什么的。"

"我没有在听你说什么，"凯特对他说，"我只是没法不听你们在我耳边鬼扯个不停。"

"你有在听我说。你喜欢我！你对我着迷了，我觉得。"

"皮奥特尔，"凯特，"让我们把话说清楚。"

"这条路上怎么能开这么大的卡车呢！"

"我这么做只是为了帮我父亲的忙。他好像觉得让你留在他的国家是头等大事。等你一拿到绿卡，我们就分道扬镳了。这个计划从头到尾都没有一步涉及到谁对谁着迷。"

"或许你也可能决定不要分开。"皮奥特尔说。

"什么？你在说什么呢？你听到我刚才说的话了吗？"

"是的，是的，"他忙不迭地说道，"我听着呢。没有谁要对谁着迷。现在我们去买猪肉吧。"

---

[1] 用玉米、大麦、粟粉等煮的粥。

他把车倒进超市的停车场，熄了引擎。

"我们为什么要买猪肉？"凯特跟着他一起穿过停车场时问道，"你知道邦妮不吃的。"

"我对邦妮并不很在意。"他说。

"真的吗？"

"我们国家有句谚语：'小心甜如蜜糖的人，因为蜜糖没有营养。'"

这倒是很有趣。凯特说："好吧，在我们国家，他们说用蜂蜜比用醋能捕到更多的苍蝇。"

"是的，他们会这么说。"皮奥特尔神秘兮兮地说道。之前他领先凯特几步走在前面，现在他倒走回来，毫无预兆地伸出一只手臂环住她的肩膀，把她拉到自己这边，"但你为什么想要捕苍蝇呢，哈？回答我，醋女孩。"

"放开我！"凯特说。靠得很近，能闻到他身上有新割的干草的气味，他的臂膀在她肩上纹丝不动、霸道坚决。她终于还是挣脱了他。"谢天谢地！"她舒了口气。穿过停车场的剩下路程里，她领先几步走在前面。

来到商场门口，她先发制人地抢来一辆推车，径直走了进去，但皮奥特尔追上她，伸手夺来了推车。她都开始怀疑他是不是有什么硬汉综合征了。"随你便。"她对他说。他只是笑了笑，推着空车漫步在她身边。

作为一个三句不离维生素的人，他竟然对蔬菜区域兴趣缺缺，实属稀奇。只见他懒洋洋地把一颗卷心菜丢进推车里，然后边环顾四周边问凯特："玉米粉，哪里能找到玉米粉呢？"

"看来你还真喜欢这种时髦花哨的菜呢，"凯特给他带路时说道,"就像你在餐厅里点的那东西,块根芹泥那个。"

"我只是重复了最后那个。"

"不好意思?"

"那个侍者,当他来到我们这桌时,他说得太复杂了。他说:'来向你们介绍几款今晚的特别菜品……'"皮奥特尔竟把侍者的巴尔的摩口音模仿得惟妙惟肖,真是怪事,"然后他开始报起那串菜名,每个都是超长的,由各种东西拼成。他说到了放养、石地、自家腌制等等,最后听得我云里雾里。所以我就直接重复了他最后说的那个。'牛排块根芹泥',我重复道,因为那名字还留在我耳边。"

"那么,或许今晚我们可以还是按老样子做点家常菜。"凯特说。

但皮奥特尔说:"不,我不要。"讨论到此结束。

电脑生成的购物清单今天没派上什么用场。一方面,从上周六到现在剩下的肉糜堆积如山,这也是凯特想要今晚继续吃剩菜的原因。在晚餐方面,这一周的确和平常迥然不同,不仅是那次父亲为了拍照特意安排与皮奥特尔在餐厅进餐,而且在那之后的第二天晚上,皮奥特尔又坚持要带他们去一家餐厅(除了邦妮没去,她说'适可而止吧'),然后在周二,他又不请自来,捧着一桶肯德基炸鸡现身,宣称是为了庆祝那天刚刚落下的一场短暂而反常的春雪。

接下来的这周,凯特还得定一天请塞尔玛姨妈过来吃个饭。巴蒂斯塔博士已经嚷嚷着要让她见见皮奥特尔了,还有她的丈夫,可能还要请塞隆舅舅一起过来,如果在时间上和他的牧师义务没有冲突的话。他们总得咬咬牙忍受一下,巴蒂斯塔博士说。他和塞尔玛姨妈关系并不算太好(塞尔玛姨妈认为他是导致自己妹妹罹患抑郁症的罪魁祸首)。"但是考虑到移民局,"他说,"要向尽可能多的亲戚表露你的结婚计划,我觉得这是聪明之举。既然你不答应让你姨妈参加婚礼,那么另一个策略选择就是请她过来吃个饭。"

凯特不让姨妈参加婚礼的原因是她太了解姨妈这人。按照她的做派,定会带着六位伴娘和整个唱诗班隆重现身。

但给她吃什么呢?当然不能是没有肉的糊糊了,尽管如果能这样解决掉那些该死的剩菜真是省心省力。或许就随便弄点鸡肉吧,这个凯特肯定还对付得过来。就在皮奥特尔在猪肉区瞧瞧看看这会儿,她挑了几只公鸡,然后又折回到蔬菜区,买了芦笋和褐色土豆。

当她回到肉类区时,她从远处看见皮奥特尔的身影,他在和一个系着围裙的黑人男子聊得正欢。就在这瞬间,皮奥特尔那件加长版型的灰色毛线衫,和他那看上去脆弱纤细的光溜溜的脖子不可思议地触动了她。陷入这个进退两难的处境,也不能全怪他,她想。有那么一会儿,她试图想象如果自己孤身一人客居他乡,手上的签证即将失效,而对于一旦签证失效后将去往何方或将如何养活自己,心里都没个谱,这样的自己不知会是什么感受。别提还有语言问题!当初,她的语言课成绩还算中等偏上,但如果让她真的生活在说另一语言的国家中,她肯定会感到孤苦无助。然而皮奥特尔却好好地站在这里,兴高采烈地和别人讨论着切哪块猪肉,展示着他一如往常的亢奋情绪。她忍不住笑了,嘴角微扬。

当她走到他身边时，他说道："哦！这是我的未婚妻。这位好心的绅士说新鲜猪腿肉要比猪腰肉好。"

瞬间她又恼怒起来。未婚妻？去他的！而且她向来讨厌"绅士"这个词的圆滑发音。"你自己随便挑吧，"她对他说，"对我来说都一样。"说着她把买好的东西倒进推车里，又自顾自到别处逛去了。

然而结果是，皮奥特尔对于给塞尔玛姨妈做烤鸡肉的主意不甚满意。当他在糖浆和糖蜜区走道上再次遇到凯特时，她失算地告诉了他自己计划中的菜谱，他听完的第一个问题是："鸡能切成一块块吃？"

"你为什么想做这个呢？"

"我想的是你可以做炸鸡，像肯德基那种。你知道怎么做炸鸡吗？"

"不知道。"

他等待着，眼里满是期待。

"但你可以学吧？"他最后问道。

"要是想学的话应该可以吧，我想。"

"那你会想学的吧，或许？"

"呃，皮奥特尔，如果你这么喜欢肯德基，我为什么不直接买点回来呢？"凯特说。她很想看看如果她真这么做的话，塞尔玛姨妈脸上会是什么表情。

"不，你得自己做点菜，"皮奥特尔说，"费心费力做点菜。你是要表达你对姨妈的欢迎。"

凯特说："你见过塞尔玛姨妈以后，便会知道我们最怕发生的事就是让她觉得自己过于受欢迎。"

"可她是**家人**!"

他说到"家人"的时候俨然像在说一个神圣的词语,发音中满是不易觉察的小心翼翼。"我想认识你所有的家人——你的姨妈,她的丈夫和儿子,还有你那牧师舅舅。我很想见见你的牧师舅舅!他会试图让我皈依,有可能吧?"

"你在开玩笑吗?塞隆舅舅都没法让一只小猫皈依。"

"塞隆。"皮奥特尔重复道。他发的音听起来像是"Seron[1]"。"你是在故意折磨我吗?"

"我怎么了?"

"这么多带 /th/ 的名字!"

"噢,"凯特说,"是啊,我妈妈叫塞娅。"

他发出一声哀号。"那这些人姓什么?"他问。

几乎没有停顿,她回答:"塞威特。"

"上帝啊!"他以手扶额。

她笑起来。"我逗你玩呢。"她对他说。他放下那只手注视着她。"我开玩笑呢,"她澄清道,"其实他们姓戴尔。"

"啊,"他说,"你在开玩笑。你开了个玩笑。你在戏弄我!"然后他开始围着推车一蹦一跳地打转,"哦,凯特。哦,我风趣的凯特。哦,凯特娅我的……"

"打住!"她说,别人都在看着他们,"别这样了,告诉我你要哪个糖浆。"

他不再蹦跶,停下来像是未经多想地随便挑了一瓶,然后将

---

[1] "塞隆"的原文是"Theron",皮奥特尔分不清 /th/ 和 /s/ 的发音。

它丢进了推车里。"这瓶有点小,"她说,低头看着他挑的糖浆,"你确定够用了?"

"我们不需要过多的糖浆,"皮奥特尔严肃地说道,"我们需要平衡,需要微妙。哦!如果一切很成功的话,我们可以用糖蜜给你姨妈做个菜!我们可以把鸡肉盖在一层……某种不寻常的东西上面,再撒上枫糖。你的姨妈就会说:'这可真是人间美味啊!'"

"塞尔玛姨妈绝对不可能说出这样的话。"凯特对他说。

"我可以也叫她'Selma 姨妈'吗?"

"如果你说的是'塞尔玛姨妈'的话,我劝你还是等她允许你这么叫她了再叫。毕竟,如果不是非得这么做的话,我不知道你为什么要主动把她认作你的姨妈。"

"但我从来没有一个姨妈!"皮奥特尔说,"她将是我生平第一个姨妈。"

"真是幸运。"

"不过,我还是会等她同意了再这么叫她,我保证。我会深怀敬意。"

"可别为了我对她恭敬得过了头。"凯特说。

然后皮奥特尔就径直向巴蒂斯塔博士汇报去了,说他们这次的超市购物之行"非常开心"。这是那天下午三四点的事,当时这两个男人正在厨房里做饭。凯特挎着她的园艺工具篮从后院走进来,父亲眉开眼笑地看着她,好像她刚拿了个诺贝尔奖似的。"你在超市逛得很开心!"他说。

"有吗?"

"我早跟你说,皮奥德尔是个好小伙!我就知道你最终总会发现的!他说你俩的超市之行很开心,很友好。"

凯特恶意满满地瞪了皮奥特尔一眼。他正在给他的新鲜猪腿肉拍上各种各样的调味料,嘴上挂着浅浅的微笑,垂着目光。

"吃完晚饭后你们俩或许可以去看个电影。"她父亲建议道。

凯特说:"晚饭后我要洗头。"

"晚饭后?你要在晚饭后洗头?为什么要那个时候洗?"

凯特叹了口气,一把将她的工具篮扔进扫帚柜里。

皮奥特尔说:"我们在想,你可不可以向我们解释一下什么叫'炖'。"

"我也不知道什么叫'炖'。"凯特说。她走到水池前洗手。水池里有一些沾着血迹的鲜肉包装纸,还有一个卷心菜菜心,以及几片最外层的菜叶。她父亲向来是"随手清理,不留垃圾"这一原则的狂热信奉者,所以她很肯定地知道是谁留下了这片狼藉。"你竟敢在洗完菜后丢下不管,让厨房乱成这样。"她边洗手边对皮奥特尔说。

"我会把一切都搞定的!"皮奥特尔说,"爱迪留下来吃晚饭吗?"

"爱迪是谁?"

"你妹妹的男朋友。在起居室里呢。"

"你说的是爱德华。不,他不吃。'爱迪'!天哪!"

"美国人都喜欢别人叫他们昵称。"皮奥特尔说。

"不,他们不喜欢。"

"不,他们喜欢。"

"不,他们不喜欢。"

"拜托!"巴蒂斯塔博士说道,"够了。"他正往电炉上的一只锅子里搅动着什么。他带着痛苦的表情望向两人。

"再说，他也不是她的男朋友。"凯特对皮奥特尔说。

"不，他是的。"

"不，他不是。他比她大那么多，不可能当她男友。他是她的辅导老师。"

"你妹妹在学微生物？"

"什么？"

"她膝盖上放着一本《微生物学方法杂志》。"

"什么？"

"是真的吗？"巴蒂斯塔博士惊呼道，"我都不知道她对这感兴趣！"

"哦，天哪！"凯特低声自语。她一把将抹布甩在台子上，转身离开了厨房。

"我知道有句谚语就是这么说的。"凯特走开时听到皮奥特尔这样对她父亲说道。

"饶了我们吧！"凯特回敬过去。她穿着运动鞋，穿过客厅时无声无息。她一边猛地穿过起居室门口，一边叫着，"邦妮——"

"呀！"邦妮猝不及防，她和爱德华两人一下子跳开了。

《微生物学方法杂志》已经不再摊在她膝盖上了。现在它被放在长躺椅的远处一端。尽管如此，凯特还是踏了四个大步，走到房间那头，把杂志拾起来，然后丢在邦妮面前。"这不是你现在需要看的。"她对邦妮说。

"不好意思？"

"我们付钱给他是让他教你西班牙语的。"

"你们什么都没付给他过啊!"

"呃……我和父亲说过,我们应该付他钱的。"

邦妮和爱德华面面相觑。

"邦妮才十五岁,"凯特对爱德华说,"她还不能谈恋爱。"

"没错。"他说,他不像邦妮那样善于自以为是地伪装无辜。他脸红了,闷闷不乐地低头看着自己的膝盖。

"她只能和成群出现的男生见面。"

"没错。"

邦妮说:"但他只是我的——"

"别告诉我他是你的辅导老师,如果真是的话,那我昨天为什么还得在你拿了 D¯ 的西班牙语测试卷上签字呢?"

"那个考的是虚拟语气?"邦妮说,"我从来没弄懂过虚拟语气?"她好像是在问,这个解释有没有一丁点可能让人信服。

凯特一下转过身走了出去。然而就在她已经走到客厅中央时,邦妮从躺椅上跳起来,追上了她。"你是说我们俩再也不能见面了?"她问,"他只是在我家见我而已!我们又没有出去约会什么的。"

"他肯定都有二十岁了,"凯特对她说,"你不觉得这有什么不对?"

"那又怎样?我十五岁了。非常**成熟**的十五岁。"

"别搞笑了。"凯特对她说。

"你就是嫉妒我。"邦妮说。她现在跟着凯特穿过餐厅,"就因为你自己只能和皮奥德尔——"

"他叫皮奥特尔,"凯特咬牙切齿地说道,"你可以学学怎样正确发音。"

"好吧,你可真时髦,花哨小姐儿。至少我不用靠父亲来给我找个男朋友。"

说这话时,她们两人已经一路走到了厨房。两个男人吃惊地扭过头来瞟了她们一眼。"你女儿是个傻瓜。"邦妮对她父亲说道。

"不好意思再说一遍?"

"她是个爱打听、爱嫉妒、多管闲事的傻瓜,我拒绝——现在看看吧!"她的注意力一下子跳转到窗外的动静上。其他人也转过身来,只见爱德华弓着肩膀偷偷溜了出去,从紫荆树下穿过后院直奔回自己家。"这下你能满意了!"邦妮对凯特说。

"为什么会这样,"巴蒂斯塔博士对皮奥特尔说道,"只要我和女人们待在一起,哪怕只是一会儿,到最后我总会问:'刚才发生了什么?'"

"你这样说太带性别偏见了。"皮奥特尔严肃地说道。

"别怪我啊,"巴蒂斯塔博士说,"我这个结论完全是建立在经验证据之上的。"

周一　下午1:13

嗨,凯特!我们去领结婚证了!

我们是谁?

你父亲和我。

嗯,我祝你们幸福。

第八章

"你好吗,皮奥德尔?"塞尔玛姨妈问道。

"嗯!"凯特插进来。

然而,已经太晚了。"我前阵子过敏得很严重,但现在好多了,"皮奥特尔说,"可能是因为他们在灌木根部周围放的那种味道刺鼻的木头。"

"我们管那个叫护根,"塞尔玛姨妈告诉他,"它的作用是在漫长炎热的夏季保持住树根的水分。但我相当怀疑你是否真的是对护根过敏。"

塞尔玛姨妈每当有机会纠正别人都会十分高兴,而皮奥特尔更是始终笑容满面地望着她,对她的赞美之意溢于言表——而赞美恰恰是正中她下怀的。或许这个晚上会比凯特想象中过得顺利。

他们聚集在门厅里:凯特、她父亲,还有皮奥特尔,塞尔玛姨妈和她丈夫巴克莱姨夫。塞尔玛姨妈是位六十出头的漂亮女人,个子小小的,一头柔顺的金色短发,脸上妆容明艳。她穿了一身米色的真丝衣裤套装,一条色彩斑斓的丝巾绕了好几圈系在她颈上,末端飘至肩后(凯特以前会想象,她姨妈一年四季都系围巾是为了隐藏什么——过去动过手术或者,谁知道呢,没准是被蛇咬过留下的几处伤口)。巴克莱姨夫身材清瘦,长相英俊,满头灰发,身着一套考究昂贵的灰色西装。姨夫手下掌管着一家欣欣向荣的投资公司,他似乎觉得巴蒂斯塔博士和他的两个女儿古怪好笑,就好像是一个小镇上自然历史博物馆里的展品。现在,他正带着宽容的微笑看着他们,风度翩翩地闲立在门廊上,双手插在裤袋里,西装外套的边缘因此起了优雅的褶皱。

其余几人都穿上了自己最好的衣服。凯特穿了那条牛仔短裙,上身穿的是格子衬衫。皮奥特尔穿着牛仔裤——外国人的牛仔裤,皮带刚好系在腰部,宽松的裤腿看上去胀鼓鼓的——但他上身搭配了一件熨烫挺阔的白衬衫,鞋子也不是他惯常穿的球鞋,而是一双棕色的尖头牛津鞋。甚至连巴蒂斯塔博士都努力了一把:他穿上了他唯一的那套黑色西装,里面穿了件白衬衫,系了一条细细长长的黑色领带。每次只要不是穿着他最爱的工装连体裤,他看上去总是瘦骨嶙峋,犹疑不决。

"真叫人激动。"塞尔玛姨妈刚要开始,凯特就与她同时说道,"我们到起居室去吧。"她和塞尔玛姨妈之间经常会出现抢着说话的问题,"塞隆舅舅已经到了。"凯特边说边带他们进去。

"真的吗?"塞尔玛姨妈说,"嗯,那肯定是他来得太早了,因为巴克莱和我是准时准点到的。"

凯特对此无话可说,因为塞隆舅舅确实是早到了,这是他们事先特别约定的,为的是能一起商量下婚礼事宜。

塞尔玛姨妈带头走在前面,走进起居室时她伸出双臂准备拥抱邦妮,后者刚从躺椅上站起来。"邦妮,亲爱的!"塞尔玛姨妈说道,"天哪!你不冷吗?"

这是今年真正热起来的第一天，邦妮再怎么样也不至于冻着。塞尔玛姨妈其实只是为了指出邦妮的背心裙过于暴露，这条裙子只有一般人的衬衫那么长，肩膀处绑了两个巨大招摇的蝴蝶结，看上去像是天使的翅膀。再者，她凉鞋的后跟那里是光溜溜的。这可不行。

多年来塞尔玛姨妈给女孩子的许许多多条教诲中，有一条便是：永远不要在社交场合穿露后跟的鞋子。这条的重要性仅次于"第一规矩"：永远，永远，无论在任何情况下，都不要在餐桌上抹口红。塞尔玛姨妈的每一条规矩都根深蒂固地印刻在凯特的脑海里，尽管凯特天生就不会去买露后跟的鞋子，也不会抹口红。

然而，邦妮一般不会深究塞尔玛姨妈的话中之意。她只是说："不冷啊，我都快热死了！"说着轻快随意地在她脸颊上啄了一下。"嗨，巴克莱姨夫。"她说，然后在他脸上也啄了一下。

"塞隆。"塞尔玛姨妈仪态尊贵地说道，俨然像在颁布某项特许令。塞隆舅舅从椅子上站起来，两只胖乎乎的长满金毛的手十字交错地紧攥在胯部前面。他和塞尔玛姨妈是双胞胎兄妹，所以两人名字的头一个字都是"塞"（其实他们的小妹妹的名字也是这样的），但塞尔玛姨妈是"先出来的那个"——按她自己的说法——因此多少有点家中老大的自信劲儿，而塞隆却是个胆小懦弱的男人，至今未婚，甚至都从未有过任何正儿八经的经历。或者他曾经有过，只是自己没意识到。他似乎总在朝什么眨着眼睛，好像在试图让自己理解这是一种最稀松平常的人类行为，他今晚穿了件黄色短袖衬衫，看不出牧师身份，这让他有种剥去了外皮，丝毫没有反抗之力的感觉。

"你难道不激动吗?"塞尔玛姨妈问他。

"激动啊。"他重复着,显得忧心忡忡的。

"我们要把凯特嫁出去了!你可真是匹黑马,不是吗?"她在一把扶手椅上坐定,对着凯特说道。与此同时,坐在摇椅上的皮奥特尔把椅子拖过来挨近塞尔玛姨妈。他仍然目不转睛、满怀期待地盯着她的脸,他的脸上也仍是笑容洋溢。"我们都不知道你有人追,"塞尔玛姨妈对凯特说,"我们还担心邦妮会比你早走上圣坛呢。"

"邦妮?"巴蒂斯塔博士说,"邦妮才十五岁呢。"他的嘴角耷拉下来,而且他到现在都还没坐下。他就直愣愣站在壁炉前面。

"坐啊,父亲,"凯特说,"塞尔玛姨妈,我给你倒点什么喝的?塞隆舅舅喝的是姜汁汽水。"

她特意提到姜汁汽水是因为她方才知道父亲只买了一瓶酒——是她的错,她不该把这事交给他来做——所以她希望在晚饭前没人提出要喝酒。然而姨妈说:"请给我来点白葡萄酒。"说完便转向了皮奥特尔,后者仍然屏息凝神地等待着可能从她口中吐出的任何金句珠玑。"来,告诉我们,"她说,"你们是怎么……"

"我们只有红酒。"凯特说。

"那就红酒吧。皮奥德尔,你们是怎么……"

"巴克莱姨夫呢?"凯特说。

"嗯,给我来点红酒吧。"

"你和凯特是怎么认识的?"塞尔玛姨妈终于问出了这个问题。

皮奥特尔立马回答:"是她到巴蒂斯塔博士的实验室来。我本来不抱期望的。我想的是,'住在家里,没男朋友'那种女孩。但她就这样出现了。高挑,头发像意大利电影明星那样。"

凯特起身离开房间。

她拿着红酒回来时,皮奥特尔已经讲到了她的内在品质,塞尔玛姨妈微笑地点着头,看上去像是着了迷。"她有点像我家乡的女孩子,"他这样说着,"真诚、坦率,想什么说什么。"

"这我同意。"塞尔玛姨妈小声嘀咕。

"更重要的是她心地善良。很有思想。"

"哎呀,凯特!"塞尔玛姨妈像是恭喜她似的叫道。

"很会照顾人,"皮奥特尔继续说着,"照顾小朋友。"

"啊。你还会继续下去吗?"塞尔玛姨妈接过酒杯时问凯特。

凯特说:"什么?"

"你结婚后还会继续在学前学校工作吗?"

"哦,"凯特说,她还以为塞尔玛姨妈问的是她的这出假戏打算唱多久,"是的,当然了。"

"她可以不用去的,"皮奥特尔说,"我可以养她,"说着他甩出一只手臂,动作幅度惊人,险些打翻自己的酒杯(很不幸,他也要了酒),"如果她愿意,她现在就可以辞职。或是去上大学!上约翰·霍普金斯大学!我会出钱。她现在由我负责了。"

"什么?"凯特说,"我不是由你负责!我是由我自己负责的。"

塞尔玛姨妈发出啧啧声。皮奥特尔只是微笑着环顾屋里的其他人,仿佛在邀请他们分享自己的快乐。

"好姑娘。"巴克莱姨夫出人意料地来了句。

"好吧,等你有了孩子,这可就不好说了,"塞尔玛姨妈说道,"我能问下我们喝的这是什么酒吗,路易斯?"

"嗯?"巴蒂斯塔博士郁郁寡欢地看了她一眼。

"这酒很好喝。"

"哦。"他说。

他看上去并不太兴奋,尽管这可能是有史以来塞尔玛姨妈头一回夸奖他。

"告诉我,皮奥德尔,"塞尔玛姨妈说,"你们家人会来参加婚礼吗?"

"不会。"皮奥特尔说,依然满面笑容地看着她。

"老同学呢?同事?朋友?"

"我确实有个研究所的朋友,但他人在加利福尼亚。"皮奥特尔说。

"哦!你们走得近吗?"塞尔玛姨妈问。

"他人在加利福尼亚。"

"我是说……你想邀请他参加你的婚礼吗?"

"不,不用了,那样会很滑稽。婚礼才五分钟。"

"哦,当然不会那么短的。"

塞隆舅舅说:"他说的是真的,塞尔玛,他们要的是一场简化版本的婚礼。"

"我理想中的仪式,"巴克莱姨夫赞许地说道,"简短干脆。"

"安静,巴克莱,"塞尔玛姨妈对他说,"你不是说真的。这可是一辈子仅此一回的大事!所以我才不能相信你和我没有收到邀请。"

随之而来的是一阵令人不适的沉默。最后,还是塞尔玛姨妈自己的社交本能占了上风,她率先开口,另起话题。"告诉我,凯特,你打算穿什么衣服?"她问,"我很乐意带你去购置礼服。"

"哦,我想我准备好了。"凯特说。

"我知道你不可能指望穿得进你那可怜的母亲在她当年结婚时穿的婚纱……"

凯特默默希望塞尔玛姨妈能有一次,就这一次,在提到她母亲时不要加上"可怜的"。

也许她父亲和她想的一样,因为他打断姨妈问道:"是时候把晚饭端上餐桌了吧?"

"是的,父亲。"凯特说。

她起身时,塞隆舅舅正在问皮奥特尔他的国家是否允许信仰宗教。"我为什么会想要那个?"皮奥特尔不解地反问道,脸上是真诚的好奇。

凯特很高兴能离开房间。

两个男人在下午早些时候就做好了菜——煎鸡肉配豆薯粉,洒上红胡椒酱——那天晚上做的枫糖不尽如人意。凯特只需要把盘子端过去放到餐桌上,搅拌好沙拉即可。她在厨房和餐厅之间来回走动这会儿,断断续续地听到从起居室里传来的聊天内容。她听到塞隆舅舅说到"婚前咨询"这几个字,她一时呆住了,但皮奥特尔却说:"真是伤脑筋,这两种'咨询[1]'。我总把它们两个的拼法给混淆起来。"听到这里,塞尔玛姨妈高兴地抓住机会,给他上了堂英语课,于是刚才那茬儿就这么过去了。凯特不确定他是否是故意转换了话题。

---

[1] 英语中"counsel"和"counseling"都可作名词,"counsel"有"建议、忠告"的意思,"counseling"是"咨询"的意思。

她发现,他的表现有时会出乎她的意料。渐渐明晰的一点是,想当然地以为他听不懂她的话中之意是很危险的。他领会的比他假装出来的多得多。另外,他的发音也有所进步。或者只是她开始习惯他的发音问题了?而且他也开始偶尔在句子开头加上一个"嗯"或"哦"。他似乎相当热衷于发现新的习语——比如说"操之过急[1]",过去几天里他动不动就要在说话时用上这个短语("我想着晚间新闻应该已经在放了,却发现我……"接着是一阵沉甸甸的停顿,最后他得意扬扬地蹦出一句"操之过急了"结束全句)。时不时地,他会用上一个让她觉得熟悉得诡异的表达。"老天啊",他说,还有"呀",有那么一次还是两次,他还用了"还算过得去"。每当这种时候,她都感觉像是有人无意中瞥见了她镜中的模样。

然而,他仍然无可辩驳地是个外国人,甚至连身体姿势都是外国人的。他走起路来像外国人那样笔挺笔挺的,步子也迈得较小。他像外国人那样喜欢直溜溜地夸人,把那些赞美之语重重地丢到她脚下,仿佛一只猫邀功似的向她展示捕来的死老鼠。"傻子都看得出你有所企图。"她会这么说,而他则会装出一副不懂她在说什么的样子。现在听着他在起居室里大谈特谈冰水的隐形危害,她觉得很尴尬,也为他感到尴尬,心中交织着对他的怜悯与不耐烦。

但就在这时,一双细高跟鞋蹬蹬地从餐厅走了过来。"凯特?你需要帮忙吗?"塞尔玛姨妈用动人的假音高声喊道,片刻之后,她就悄悄穿过了厨房门,一只手环住凯特的腰,带着酒味的吐息低语道,"他太**可爱**了!"

---

[1] 原文为英语习语"jump the gun",意思是在赛跑时,号令枪还未打响就跑了出去。

所以显而易见,是凯特太挑剔了。

"他的皮肤有种金色的色调,眼睛在眼角处微微上扬……还有我爱极了他那头粘丝似的黄发,"姨妈说道,"他肯定有点鞑靼人血统,你不觉得吗?"

"我不知道。"凯特说。

"那个是'鞑靼人'吗?"

"我真的不知道,塞尔玛姨妈。"

晚餐上,塞尔玛姨妈提议说由她来办宴席。"什么宴席?"凯特问,但她父亲斜瞟过来朝她使了个眼色。她猜得出他的意思:他是想着如果他们设宴庆贺的话,就能让移民局彻底信服。

"我得承认,他们确实是真的结婚,"黑白片里的侦探会这样向上级汇报,"因为新娘家大张旗鼓地为两位新人举办了一场宴席。"

在凯特的想象中,移民局的人喜欢用二十世纪四十年代的俚语词[1]。

"不让你的亲朋好友参与你的幸福时刻,这样太自私了。"塞尔玛姨妈这样说着,"对了,理查德和他老婆呢?"

理查德是塞尔玛姨妈和巴克莱姨夫的独子,属于过于自信的那类人,头发永远是精心吹过的。他在华盛顿当政治说客,习惯在发表高见前挺一挺身子,煞有介事地深吸一口气,听得见气流吹过他胡子的声音。他怎么也不可能关心凯特幸福不幸福的。

"我想如果你真的不想请我们出席典礼,这也是你的决定,"

---

[1] 指的是上一句原文中的"shindig"一词,是个现已不太常用的口语词。

塞尔玛姨妈对她说道,"我对此不高兴,但这毕竟不是我的事。然而,不管怎么说,我们还是应该受邀参加。"

简直就是恐吓。凯特可以想象,要是塞尔玛姨妈没法办成她心心念念的宴席的话,她很可能会举着个标语牌在教堂前面示威抗议。她看向皮奥特尔,他仍然挂着那个巨大的满怀希望的笑容。她又看向塞隆舅舅——她故意跳过了父亲——他正鼓励似的朝自己点着头。

"好吧,"她最后说道,"好吧,我考虑一下。"

"哦,真棒。这真是非常,非常完美,因为我刚刚重新布置了起居室,"塞尔玛姨妈说,"你会爱死我给躺椅上铺的罩布的:这种条纹缎子,贵得要命,但一分钱一分货。我还把每个人的座位都安排好了,起居室现在总共能容纳四十人。五十也行,挤一挤的话。"

"五十人!"凯特叫道。这就是为什么她不想让她姨妈参加婚礼——她总是这样自说自话,兴奋过了头。"所有我认识的人加起来都没有五十个。"凯特对她说。

"哦,肯定有的。老同学啦,邻居啦,学校同事啦……"

"没有。"

"那你有几个?"

凯特想了想。"八个?"她也说不准。

"凯特。光是小朋友学校的人就不止八个了。"

"我不喜欢人多拥挤,"凯特对她说道,"我不喜欢夹在人群中间。我不喜欢因为自己没有不停走动,跟新到的客人打招呼而感到愧疚。"

"啊，"塞尔玛姨妈脸上露出了精明计算的神色，"那么请大家坐下来吃顿小小的便饭如何？"

"这个小小的便饭请多少人呢？"凯特警惕地问道。

"嗯，我那家餐桌只能坐十四人，所以你知道不会来太多的。"

在凯特听来，十四人已经够多了，但总比五十人好点。"嗯……"她犹豫着，然后她父亲抢着插进来说："来，我们看一看，有你、皮奥德尔、我和邦妮，塞尔玛、巴克莱和塞隆，还有理查德和他老婆，还有……哦，可能还有我们的邻居，希德和罗丝·戈登夫妇——他们在你母亲去世后很照顾我们。还有……那个谁叫什么名字来着？"

"你说的是谁？"

"你高中时候最好的朋友，叫什么名字来着？"

"哦，爱丽丝。她已经结婚了。"凯特说。

"很好，她可以带上她丈夫。"

"但我都好多年没见过她了！"

"哦，我记得爱丽丝的，她总是很有礼貌。"塞尔玛姨妈说道，"所以，现在有几个了？"她开始掰着手指头数数，"九，十……"

"我们又不是非要凑到某个最低人数不可。"凯特对她说。

"十一，十二……"塞尔玛姨妈数着，假装没听到凯特的话，"十三，"她数完了，"哦，亲爱的。一共十三个人——不幸的数字。"

"或许还能加上拉金太太。"巴蒂斯塔博士建议道。

"拉金太太已经死了。"凯特提醒他。

"啊。"

"拉金太太是谁？"塞尔玛姨妈问。

"以前照顾她和邦妮的女佣。"巴蒂斯塔博士说。

"哦,对哦。她死啦?"

"我们可以请爱德华!"邦妮冒出一句。

"你为什么会想邀请你的西班牙语辅导老师来参加结婚宴席?"凯特不怀好意地问她。

邦妮坐在椅上的身子猛地跌落了一截。

"路易斯,"塞尔玛姨妈说,"你那个姐姐还活着吗?"

"是的,但她住在马萨诸塞州。"巴蒂斯塔博士说。

"或者……我知道你在小朋友学校肯定有个私交最好的同事,"塞尔玛姨妈对凯特说道,"有没有某个特别要好的朋友?"

凯特想象亚当·巴恩斯那蒙着黑灰色阴翳的目光越过塞尔玛姨妈的薇吉伍德[1]瓷器望向她的样子。"没有。"她说。

一阵沉默。所有人都责备地看着她——甚至包括塞隆舅舅,甚至包括皮奥特尔。

"一桌十三人又怎么了?"她问他们,"你们真的都那么迷信吗?我一个都不想请!我不知道我们为什么在讨论这个!我以为只是一场小小的简单朴素的婚礼,只有父亲、邦妮、皮奥特尔和我参加。现在一切都失了控!我都不知道这是怎么一回事!"

"来,来,亲爱的。"塞尔玛姨妈说道。她隔着餐桌伸过一只手拍了拍凯特的餐具垫,这是她能够着凯特的唯一方式了。"那就一桌十三人吧。"她说,"我只是想要依循传统,仅此而已。我们一点儿也不迷信。别为这事苦恼。一切都不用你操心。告诉她,皮

---

[1] Wedgwood,英国传统瓷器品牌。

奥德尔。"

皮奥特尔就坐在凯特边上,他靠拢过来甩出一只胳膊绕在她肩上。"别担心,我的凯特娅。"他说道,吐出红胡椒的呛人气味。

"**真甜蜜**。"塞尔玛姨妈柔声夸赞。

凯特把肩膀从他胳膊下挪开,伸手拿起水杯。"我就是不喜欢小题大做。"她对着所有人说,然后喝了一口水。

"这是当然的,"塞尔玛姨妈安慰她说,"不会搞任何小题大做的,你看着吧。路易斯,酒呢?给她倒杯酒。"

"恐怕已经喝完了。"

"你只是有点紧张,仅此而已。这是新娘常有的不安。来,凯特,我就再问你一个小小、小小的问题,然后我就闭嘴:你们没有打算婚礼当天就离开,对吧?"

"离开?"凯特说。

"度蜜月啊。"

"没有。"

她懒得解释说他们根本就不度蜜月。

"太好了,"塞尔玛姨妈说道,"我总觉得,才举行完婚礼就急匆匆地开始一场漫长的耗费体力的旅行,真是大错特错的决定。所以也就是说我们可以在那天晚上举行我们的小小宴会。这样就好多了。我们会早点开始,因为这天肯定够你受的了。五点或是五点半左右,开始端上喝的。就这样。我要说的都说完了。现在我们换个话题吧。这鸡肉可真有趣!是你们两个男人做的吗?让我刮目相看。邦妮,你不来点吗?"

"我是素食主义者?"邦妮说。

"哦,是吗?理查德有个阶段也这样。"

"这不是一个……"

"谢谢,塞尔玛姨妈。"凯特说。

这一次,她说的是真心话。姨妈表现得如此镇定自若,让她莫名地感到慰藉。

这不是新娘常有的不安,而是"为什么每个人都同意这事?你怎么能允许这事?难道没人来阻止我吗"?

上个星期二——轮到凯特负责"额外托管"——在把最后一个孩子送上最后一个过来的家长的车上后,她回到四岁班,只见所有的教师和助理一下子从小朋友坐的迷你椅上跳了起来,齐声喊道:"惊喜!惊喜!"原来就在她离开的短短时间里,他们都从各自躲藏的地方出来,在昌西夫人的桌子上铺了纸餐布,往上面摆好点心、纸杯和一叠纸盘子,那张堆乐高积木的桌子上则倒放了一把蕾丝阳伞,里面堆满了用薄纸包起来的各种礼物。亚当弹着他的吉他,达令夫人在潘趣酒碗后面主持着局面。"你事先知道吗?你猜到了吗?"他们不停地问凯特。凯特说:"从来想都没想过。"这倒是大实话,"我都不知道该说什么!"她不断这样说着。

他们把礼物塞给她,附带没完没了的解释:我本来订的是蓝色的马克杯,结果送来的却是绿色的;这个沙拉碗可以放进洗碗机里直接洗;如果她已经有了套切肉刀具的话,也可以把这套拿去换掉。他们让她坐在宝座上——昌西夫人的写字桌——给她端上粉白相间的纸杯蛋糕和自家烤的布朗尼蛋糕。亚当唱起了《忧愁河上的桥》,然后费尔韦瑟夫人问她能不能给大家看一下皮奥特尔的照片（凯特给他们看了她手机里存的那张在餐厅拍的照片。有几个人说他长得很好看）。乔治·安娜想知道凯特打不打算把他带到四岁班来，在"展示与讲述"时间和大家见个面，但凯特回答："哦，他一刻也没法从研究中抽身。"说这话时她想象着，皮奥特尔要是有机会露露面，该会如何地欣喜若狂，然后他又会如何把整件事搞得热闹张扬。鲍尔夫人还给了她一条忠告，让她打一开始就要让他明白得自己捡起袜子。

现在他们似乎对她另眼相看了。她有了地位，她变得重要了。突然之间，他们都对她要说的话感兴趣起来。

在这之前，她从未完全明白自己一直是无足轻重的，这种变化让她感到生气，却又匪夷所思地觉得不无欣慰。同时她又觉得这一切都是假象。真是搞不懂。

结婚会不会对她的晋升有所帮助呢？她忍不住想。自从宣布订婚消息后，她发现自己还一次都没被叫到办公室去过。

亚当送她的礼物是一个捕梦网。"网面是用柳枝做的。"他说。他用仿麂皮的绳子把它们编在一起，再饰以珠子——就像他在乔治·安娜快当妈妈时送给她的那个一样，和羽毛——就像她送给索菲娅的那个一样。"看，中间这块空的地方，"他从凯特手里拿过网向她演示，"是用来让美梦穿透进来的，这条环绕边缘的带子是用来挡住噩梦的。"

"这真可爱，亚当。"凯特说。

他把网放回她手里。他看上去有点悲伤，抑或这只是她的自欺欺人？他直视着她的眼睛说道："我希望你知道，凯特，我祝福你的生活永远美好。"

"谢谢你,亚当,"她说,"这对我而言意义非凡。"

天气预报说那天会下雨,所以凯特是开车来上班的。回家的路上,堆在后排座位上的马克杯、锅碗和烛台格格地响着,它们和她父亲的实验室器材放在一起。她突然一把将手掌打在方向盘上。"这真可爱,亚当,"她用造作的尖音重复自己的话,"这对我而言意义非凡。"

然后她捏紧拳头,捶打着自己的前额。

塞尔玛姨妈问凯特是否打算改名为凯特·施切尔巴科夫(她发这个姓的音和她妹夫一模一样)。"当然不会。"凯特说道。即使这场婚姻不是暂时性的,她也反对新娘要在结婚后更名的观念。让她松口气的是,皮奥特尔同声附议:"不,不,不。"不过接着他又补道,"应该是施谢尔巴科夫·娅。女名结尾,因为她是女孩子。"

"女人。"凯特说。

"因为她是女人。"

"我就姓巴蒂斯塔。"凯特对她姨妈说道。

塞隆舅舅或许是恰逢其时地插了进来:"我刚才在起居室里跟皮奥德尔说到,我习惯在为新人们主持婚礼前建议他们做点咨询。"

"哦,这个主意好啊!"塞尔玛姨妈惊呼,好像她是头一回听说有这种做法。

"我们不需要咨询。"凯特说。

"诸如你是否打算更改姓氏之类的问题,尽管……"塞隆舅舅絮叨起来。

"别担心,"皮奥特尔连忙说道,"不是重要的事。只是一个桃子罐头的品牌。"

"什么?"

"我们两人之间会商量决定的,"凯特对大家说道,"谁还想要鸡肉?"

鸡肉没问题,她觉得,但红胡椒酱味道怪怪的。她盼着等人都走后拿出自己贮藏的牛肉干吃个够。

"我不知道凯特有没有提起过,"塞尔玛姨妈对着皮奥特尔说,"但我是个室内装潢师。"

"啊!"

凯特感觉皮奥特尔对于什么是室内装潢师压根一点概念也没有。

"你们俩以后是住独户房子,还是公寓?"塞尔玛姨妈问他。

"公寓,我想你应该会这么叫。"皮奥特尔说,"不过是在一栋房子里面,寡妇的房子,墨菲太太的。我住在顶层。"

"但结了婚后,他是搬过来和我们一起住的。"巴蒂斯塔博士说。

塞尔玛姨妈皱起了眉头。皮奥特尔也是。邦妮说:"和我们一起住?"

"不,"皮奥特尔说,"墨菲太太家整个顶层都是我一个人住的,不用付房租,因为我负责把墨菲太太从轮椅上抱进车里,还帮她换电灯泡。步行就能走到巴蒂斯塔博士的实验室,而且从每个窗口望出去,我都能看见树木。今年春天还有了个鸟巢!起居室,厨房,两间卧室,卫生间。没有餐厅,但厨房里有餐桌。"

"听起来很迷人。"塞尔玛姨妈说。

"但是,结了婚以后,他会住在这里。"巴蒂斯塔博士说。

"我可以使用整个后院,因为墨菲太太没法推着轮椅到那里去,很大,非常大,大极了,阳光普照的后院。我种了黄瓜和小萝卜。凯特也可以种点东西,"他转向凯特,"你想种点蔬菜?或者只种花卉也行。"

"哦,"她说,"嗯,是的,我想种点蔬菜。至少,我觉得我想这样。我从来没拥有过一个菜园。"

"但我以为我们已经讨论过了。"巴蒂斯塔博士说。

"我们是讨论过了,但我没答应。"皮奥特尔说。

塞尔玛姨妈露出幸灾乐祸的表情。"路易斯,"她说,"接受事实吧。你的小姑娘长大啦。"

"我意识到了,但本来的意思是她和皮奥德尔住在这里。"

邦妮说:"没人告诉过我!我以为他们会住到皮奥德尔家!我以为现在凯特的房间就归我了。有窗下座椅的那间?"

"让他们住在这里要好得多,"她父亲对她说道,"我们几个人可以就在这座大宅子里面晃晃悠悠地住着。"

"那么'天涯海角随君行[1]'的古训怎么办?"邦妮问。

塞隆舅舅清了清嗓子。"事实上,"他说,"这句话是对婆婆说的。人们好像从来没意识到这点。"

"对婆婆说的?"

"整整一层顶楼,"皮奥特尔对巴蒂斯塔博士说着,"第二间卧室现在是书房,但我会把它改造成凯特的卧室。"

塞尔玛姨妈警觉地直起身子。她丈夫咧嘴一笑说道:"嗯,这个嘛,我严重怀疑凯特是否还需要有自己的卧室。"

---

[1] 原文为"Wither thou goest, I will go",语出《旧约·路得记》。

塞尔玛姨妈竖起耳朵等着听皮奥特尔的回答，就像一只导盲犬眯缝起眼睛瞄准一只鹌鹑似的，然而皮奥特尔却光顾着目不转睛地盯着巴蒂斯塔博士，企图在气势上压倒后者。

有可能就像她在大学里住的男女混住宿舍，凯特想道。她很喜欢男女混住宿舍。她在那里感到很自由，适意随性，无拘无束，她从未和那里的男生交往，却都彼此相处愉快。

她不知道皮奥特尔喜不喜欢下象棋。没准他俩还能在晚上一起下盘象棋。

"我说全怪那首流行歌曲，"塞隆舅舅说着，"天涯海角……"他开始唱起来，细腻高亢，略带颤音。

"邦妮还太小，不能一人在家，没人看着，"巴蒂斯塔博士对皮奥特尔说道，"你应该最清楚我工作起来没完没了的。"

这倒是真话。还没等你反应过来，她就会把成打的小男生带回家里来。凯特眼看着那个很大、非常大、大极了的阳光普照的后院从指缝间溜走，不禁感到怅然若失。

但皮奥特尔说："你们可以雇个人。"

这也是真话。凯特一个激灵振奋起来。

塞尔玛姨妈说："反驳不了了吧，路易斯。哈！看来你遇上对手了。"

"但是……等等！"巴蒂斯塔博士说道，"这完全不是我本来所计划的！你们这说的根本是另外一套方案。"

塞尔玛姨妈转向凯特说道："我很乐意到你们的公寓来，给你俩免费做一次装潢咨询。如果是某位约翰·霍普金斯大学老教授的房子，我打赌它肯定大有潜力。"

"哦,是啊,很有潜力。"凯特说。若是承认自己连看都没看过那地方一眼,未免叫人生疑。

甜点只有从超市里买来的冰激凌,因为无论是皮奥特尔还是巴蒂斯塔博士对此都毫无头绪。所有人都满怀期望地看着凯特,她只好说:"好吧,我来看看能找到什么。"于是晚餐将尽之时,她起身来到厨房,从冰箱里拿出一盒奶油胡桃冰激凌。就在她把一叠小碗放在台子上摆成一排时,厨房和餐厅之间的门突然打开,皮奥特尔走了进来。他来到她身边,用胳膊捅了捅她的肋骨。"别这样。"她对他说。

"进展顺利,不是吗?"他在她耳边低语,"我觉得他们挺喜欢我的!"

"就算是吧。"她说,然后开始把冰激凌舀进碗里。

接着他热情洋溢地甩过一条手臂环住她的腰,将她拉近自己,在她脸上亲了一口。有那么一瞬,她没有抵抗。他的臂膀坚实有力,将她环绕,他身上那股新割的干草的味道也很好闻。然而接着,她就"咳"地叫起来,立马跳开了。她转过身气势汹汹地对着他。"皮奥特尔,"她一脸严肃地说道,"你记得我们之间的约定的。"

"是的,是的。"他说着退到后面,举起两只摊开的手掌。"没有谁对谁着迷,"他说,"我能帮你把这些碗拿进去吗?"

"请帮我吧。"她对他说,于是他拿起最前面两个她已经装好冰激凌的碗,退回敞开的厨房门向餐厅走去。

但他说的是真话,他们看上去的确挺喜欢他。吃冰激凌时她注意到这点——巴克莱姨夫在问他有关他们国家有没有对冲基金的问题，塞隆舅舅则对他们国家有没有冰激凌更感兴趣，塞尔玛姨妈靠过来与他亲密交谈，让他也叫她"塞尔玛姨妈"。他立刻将其简化为"塞尔（Thel）姨妈"，或者更准确地说，是"Sel 姨妈"。巴蒂斯塔博士在关于凯特住处问题的讨论之后一直闷闷不乐，一声不吭，但三位客人都显得兴致勃勃。

是啊，也难怪。他们高兴于不久便可摆脱她了。

一直以来，她都是个不服管教的异类——一个总惹麻烦的孩子，一个阴郁内向的少女，一个失败的大学生。他们能拿她怎么办？但现在有答案了：把她嫁出去。他们再也不用考虑她了，一点都不用了。

所以当塞隆舅舅提醒她和皮奥特尔得去领个结婚证时，她没好气地说道："是啊，父亲和皮奥特尔已经领好了。父亲把表格也拿来了，让我填了给移民局看。"说完她挑衅似的环顾餐桌。

这话本应让她的姨妈、姨夫和舅舅坐直身子，嗅到异常的，然而塞隆舅舅只是点了点头，接着他们就继续聊了起来。对此最容易的解释，便是告诉自己他们没听懂她的话。

"等一等！"她想要告诉他们，"你们不觉得我值得拥有更好的？我本可以不用忍受这一切的！我应该谈一场真正的恋爱，有个真正爱我、视我如珍宝的人，一个送我许许多多鲜花、手写情诗、做捕梦网的人。"

但她什么也没说，只是兀自搅动着碗里的冰激凌。

第九章

离婚礼还有几天的时候,皮奥特尔下班后开车来到凯特家,他和凯特准备把她的东西装进车里。其实也没多少东西,不过是衣柜里的衣服,已经打包进几个行李箱里了,还有一个装满新婚礼物的盒子,以及一个服装防尘袋,里面放了几件挂在衣帽间的最近在穿的衣服。行李箱和礼物盒轻轻松松地就放进了皮奥特尔的后备厢里。装衣服的防尘袋则被他平铺放在后驾驶座上。

邦妮不冷不热地跟皮奥特尔打了声招呼,之后就晃到别处去了,巴蒂斯塔博士还待在实验室。凯特怀疑他是故意不露面。自从凯特定下新住处后,他就一直回避着他们,一个人独来独往。

皮奥特尔住在距离约翰·霍普金斯大学咫尺之遥的一栋给教师住的大房子里,这是一座老旧的殖民时期风格的住宅,房子表面是白色的护墙板,绿色的护窗已经斑驳褪色。他把车子停在门前的路边,尽管边上就有一条车道。他告诉凯特,这是为了不挡着刘太太出来的路。刘太太是墨菲太太的护理者,平时就住在这房子里。

他们一次性就把所有东西搬进了房子——凯特拖着那几个行李箱,皮奥特尔提着礼物盒,装着衣服的防尘袋则垂在他肩膀上。

来到门廊时，他放下礼物盒，拿出钥匙来开门。

"把这些东西拿上去以后，我们就去见墨菲太太，"他对她说，"她想见见你。"

"她不介意我就这么搬进来住？"凯特这才想起来问，的确为时已晚。

"她不介意的。她只担心你过不了多久就说我们要搬出去自己住了。"

凯特轻轻哼了一声。毫无疑问，墨菲太太一定是把她想象成了那种系着一条皱巴巴围裙的标准人妻。

前厅一片昏暗，有股发霉的气味。一面边框镀金的镜子悬在一个红木餐具柜上方，柜子的四只脚是爪子状的，两边的门都是紧闭的，这让凯特放下心来。她可不想每次走进走出的时候都得和那两个女人打招呼。还有，她看得出来，房里的其他地方并非如此幽暗。午后三四点的阳光透过他们头顶的一扇窗户照射进来，落在她眼前的楼梯上，因此她和皮奥特尔沿着楼梯越往上走，光线就越明亮。

第二层楼的走廊铺着地毯，但是顶楼那层——过去应该是仆人住的，凯特猜想——却只有光秃秃的松木地板，地板边缘的木饰条是蜂蜜色的，不像屋里其他地方那样是厚重暗沉的深色调。凯特感到一阵释然。没有门将这一层与下面隔开来，然而身处顶楼，她听不到下面传来的任何声音。她可以预见，自己在这里将不受打扰，乐享清静。

皮奥特尔领着她走到右边，穿过走廊来到一间房前。"这是你的房间。"他对她说。他退后一步请她先进，然后跟在后面走了进去。

显然，这里以前是他的书房。房间的一头摆着一张巨大的书桌，上面堆满了各种电脑设备，书桌对面的墙上靠着一张睡卧两用长椅，上面铺了层花里胡哨的豹纹天鹅绒罩布。窗户旁边是一张古色古香的写字桌，体积虽小但对于凯特已然足矣，房间的一角还有一把带搁脚凳的垂着过时裙边的扶手椅。

"书桌会搬到起居室去，"皮奥特尔对她说，他把礼物盒放到写字桌上，然后走到衣柜前把装衣服的防尘袋挂起来，"后面我们会买张小点的书桌，你当学生后要用到。"

"好啊。谢谢你，皮奥特尔。"

"墨菲太太觉得或许她能给我们张桌子。她有很多没用的家具。"

凯特放下手中的行李箱，走到窗前向外眺望。楼下的后院映入眼帘，院子形状颇为修长，四周种着一圈灌木，她觉得其中一些可能是玫瑰灌木。以前家里的院子总是阳光不足，种不了玫瑰。在院子的最边上，挨着尖桩栅栏的地方，她发现一片长方形的松过土的园地，这一定就是皮奥特尔的菜圃了。

"来看看屋里其他地方。"他对她说。

他回到房间门口，但接着就退到边上，让她先走出来，当她从他身边擦肩而过时，她突然强烈地感觉到他与自己靠得如此之近。尽管此前她一直都是把这里想象成又一个男女混住宿舍，然而此时她意识到，自己其实是要单独和一个男人住在一起。当他穿过走廊，打开另一道门对她说"我的房间"时，她都没进去细看（只看到一张双人床，一个床头柜……）就走回门边。或许他觉察到了她的不自在，因为他快速地把门给关上了。

"卫生间，"他说着挥手指向走廊尽头那扇半开半掩的门，但他没有请她进去看一看,"只有一间。抱歉我们只能共用了。"

"噢,没事。我在家里和两个人共用呢。"她说,然后自己小声笑了下,而他却没有笑。

接着他带她来到起居室,里面只有一把海绵松弛的躺椅,一张人工木纹的咖啡桌,以及一台放在带轮子的金属电视柜上的老式电子管电视机。"躺椅旧巴巴的,但很柔软。"他说。他好像在聚精会神地观察着这把躺椅。这间房里没有别的什么可看的,但他却没有要离开的意思。

"高中时有一次,"他说,"我和同学一起回家做项目。晚上我在他家睡了。躺在床上,我听见他父母在楼下讲话。嗯,这个同学不是孤儿,而是个正常的男孩。"

凯特好奇地瞟了他一眼。

"我只听见他父母的声音,没听见他们在说什么。父母一起坐在起居室里。妻子说:'咕哝咕哝?'丈夫说:'咕哝咕哝。'妻子说:'咕哝咕哝,咕哝?'丈夫说:'咕哝咕哝。'"

凯特想象不出皮奥特尔到底是想说什么。

他说:"或许你哪天会和我共坐在这间起居室里?你会说:'咕哝?'然后我说:'咕哝咕哝。'"

"或者可以你说'咕哝'?然后我说'咕哝咕哝'。"凯特提议。言下之意是她不懂为什么他不能是怯声怯气的那个,让她当更加肯定的那个。但她看得出他没明白自己的意思。他皱起额头盯着她看。"当然,"最后她说,"哪天我们可以这样。"

"好嘞!"他说,然后重重地舒了口气,展颜微笑。

"厨房呢?"她提醒他。

"厨房。"他说着挥手指向厨房门。

厨房位于房子后部,靠近楼梯的最高处。它曾经一定是间储物室,墙板是雪松木的,仍能闻到淡淡的木质清香。房间是二十世纪五十年代风格的,却有种说不出的魅力:锈迹斑斑的白色金属橱柜,表面剥落的富美家[1]塑料贴面台子,漆得厚厚的白色木质餐桌,配上两把红色的椅子。"真漂亮。"凯特说。

"你喜欢?"

"是的。"

"你喜欢整个地方?"

"是的。"

"我就知道不是我的一厢情愿。"

"非常漂亮。非常舒适。"她说,这是真心话。

他又舒了一口气。"现在我们去见墨菲太太吧。"他说。

他再度退后让她先走出厨房,这次他退到屋里面,给她留出了大得夸张的通行空间,好像是为了表明自己不会越界逾矩似的。显然,她刚才未能掩饰住内心的尴尬。

墨菲太太身材高大敦实,满头银发,身穿一条蕾丝花边的连衣裙,脚上穿一双矫形鞋。刘太太个子小小的,清瘦却结实,和许多上了年纪的亚洲女人一样,她穿着看上去像是男装的衣服:敞开的卡其色工作衬衫,宽宽大大的褐色长裤,以及白得炫目的运动鞋。两个女人仿佛嵌入到带罩布的椅子和过于花哨的小桌子,以及摆满各种旧玩意的架子共同构成的背景之中,现身时,她们

---

[1] Formica,著名的家具塑料贴面品牌。

是从这一背景中一点一点地走出来的,皮奥特尔和凯特进门过了几秒钟后,刘太太才推着墨菲太太的轮椅向前移动。"这就是我们的凯特吗?"墨菲太太大声说道。

凯特差点没背过头去看背后还有谁,她难以相信自己竟会被唤作"我们的"凯特。然而还没等她反应过来,墨菲太太已经张开双臂,一把将她拉向自己,然后握住他们两人的手。墨菲太太的手宽厚肥大,手指肉乎乎的。事实上,她全身上下都如此肥大,凯特忍不住好奇皮奥特尔是如何抱起她来的。"你和皮奥德尔描述得一模一样,"墨菲太太说道,"我们以为或许他因为爱得神魂颠倒而言过其实了。欢迎你,亲爱的凯特!欢迎来到你的新家。"

"嗯……谢谢。"凯特说。

"他带你四处转过了没?"

"除了院子,我全带她看过了。"皮奥特尔说。

"哦,你可得瞧瞧院子,当然了。我听说你打算大干一番,种上好些东西。"

"嗯,呃,要是您觉得可以的话。"凯特说。她这才想到,自己都还不知道皮奥特尔有没有征求过墨菲太太的同意。

"何止可以,"墨菲太太说道,与此同时刘太太插话,"不过,会种花的,对吧?"尽管刘太太的发音和皮奥特尔的大不相同,但她似乎也不大会用代词,"这个皮奥德尔就只有实用的东西!黄瓜啦,卷心菜啦,小萝卜啦!她没有诗意。"

"他没有诗意。"皮奥特尔纠正她,就连皮奥特尔都不会混淆性别,"凯特既会种花,也会种蔬菜。或许哪天就成了植物学家。"

"太好了!你也应该当个植物学家,皮奥德尔。多出去晒晒太阳。多苍白啊,看到没?"刘太太问凯特,"他就像个蘑菇。"

要是刘太太站得离皮奥特尔更近一点,她一定会用胳膊捅捅他,凯特怀疑。事实上,两个女人都既觉得好笑又充满爱怜地看着他,而皮奥特尔则肆意享受着她们的凝视,脸上似笑非笑,带着种安详。他偷偷瞟着凯特,似乎想确认她喜欢他这个样子。

"但先把我们的蘑菇男人放到一边,"墨菲太太宣布,"凯特,你得告诉我们你对这住处有什么要求。除了书桌,我是说,我们已经知道你需要一张书桌。但厨房呢?你觉得厨具够了吗?"

"哦,够了。"凯特说。其实她连厨房里的一个抽屉都还没拉开过,但她只是不想让墨菲太太对她的印象减分。"一切都很棒。"她说。

"你去看看我们厨房有没有多出一件的东西。"墨菲太太对刘太太说道。转身时,她的一只脚从轮椅的搁脚板上滑了下来,皮奥特尔未经她察觉地帮她把那只脚移回了原位。"我知道我们至少有两个电搅拌机,"她说,"一个立式的,一个手提式的。我们当然不用两个。"

"或许不用吧……"刘太太不太确定地回答。

"我们现在去看看院子,"皮奥特尔决定,"改天再说搅拌机吧。"

"好的,皮奥德尔。回头再来看看我们,凯特!还有,缺什么东西千万要告诉我们。"

"一定,"凯特说,"谢谢。"接着——显然她仍置身于墨菲太太对她的好印象所产生的魔力之中——她走上前去,再次伸出双手与墨菲太太的手相握。

走到外面的门廊,皮奥特尔问她:"你喜欢她们吗?"

"她们真的很亲切。"凯特说。

"她们很喜欢你。"他说。

"她们都不了解我!"

"她们了解你。"

他正带着她绕过房子边缘,来到将前院与后院隔开的尖桩栅栏。"车库里有园艺工具,"他说,"我会告诉你我把钥匙藏在哪里。"

他抬起后院门闩,然后退到后面让她进去。这次他还是给她让出了过多的空间,但她突然想到,他这样做或许不仅是为她着想,也是为他自己着想。不知为何,他们两人在对方身边都有点不好意思。

第十章

婚礼当天早上,凯特睁开眼睛,看见邦妮正坐在她的床脚。"所以呢,你是来看我的窗下座椅的?"她问道,尽管邦妮压根连看都没看那个窗下座椅。她穿着娃娃装睡衣,盘膝坐在那里,目光紧紧盯着凯特,仿佛想凭念力把后者唤醒。

"听着,"她对凯特说,"你不是非得这么做。"

凯特把手伸到后面,立起枕头背靠到床头板上。她瞥了一眼窗外的天空:光线有点泛白,她不禁担心会不会是要下雨了,尽管天气预报说是大晴天。塞尔玛姨妈过去一周每天都向他们通告天气预报,因为她一心想着在"婚礼宴会"——她是这么说的——开始前先招待客人们在她家的露台上喝点饮料。

"我知道你觉得自己做的不过是一点名义上的小事,为了把移民局糊弄过去,"邦妮说,"但这个人已经开始搞得像他是你的主人了!他在指挥你,告诉你该用什么姓,以后住在哪里,是否还要继续工作。我是说,我的确很想换间更大的房间,但如果代价是我唯一的姐姐要被人驯服,剥去个性,彻头彻尾地变成另一个人的话……"

"嘿,邦-邦妮,"凯特说,"谢谢你这么想,但难道你对我一点儿都不了解？我能搞定的。相信我。我难道不是一辈子都在跟一个独裁者打交道吗，说到底。"

"独……"

"我没那么容易被打败。相信我，我一只手缚在后面都不会怕他的。"

"行吧，"邦妮说，"如果你觉得生活的乐趣在于吵架打架的话，那随你吧。但你所有时间都是要和他待在一起的！甚至都没人提起要过多久你才能跟他离婚，但我肯定至少也得一年。不仅如此，你要共处一室的这个人都不说'请'和'谢谢'，以为'你好吗'就是'你怎么样'的意思，而且每次说话的时候都跟人站得特别近，还从来不对别人说，'我觉得或许可能怎么样怎么样'，而永远都是直截了当，'你错了''这不好'或是'她很蠢'——没有灰色过渡，全是黑白两色和'我说了算'。"

"嗯，你说的部分上只是语言问题，"凯特说，"当你连基本意思都表达得磕磕巴巴的时候，你不可能还管什么'请'啦，'可能'啦。"

"最糟糕的是，"邦妮继续说，好像凯特没说过话似的，"最糟糕的是，你会像在这里一样苦不堪言，一点差别都没有——和一个科学狂人住在一起，你的每个小动作都要被定个体系，一有机会就滔滔不绝地讲起他那套老年人保健理论，吃一餐饭都要计算其中的多酚或是什么的。"

"也不完全是这样，"凯特说，"还是会有**很大**差别的。皮奥特尔不是父亲！他会倾听别人，你看得出来，他会注意听的。你听到他那天晚上说我可能还想重回学校的话了吗？除了他还有谁稍微为我着想过呢？在这个家里，我就是一件家具，一个无处可去的人,再过二十年,我还是那个帮父亲料理家务的老处女女儿。'是的,父亲。不,父亲。别忘了带上你的药,父亲。'这是我重写人生的契机,邦妮!来场翻天覆地的逆转!你能怪我这样想吗?"

邦妮将信将疑地看着她。

"不过谢谢你,"凯特想起来加上一句,然后往前挪了挪,拍拍邦妮光着的脚,"你能担心我,这很好。"

"好吧,"邦妮说,"别说我没提醒过你。"

直到她离开房间,凯特才想起来,邦妮刚才说的话没有一句是以问号结尾的。

看到她们的父亲白天在家感觉怪怪的。凯特下楼时他正坐在早餐桌旁,肘边放着一杯咖啡,面前摊着报纸。"早上好。"凯特对他说。他抬头看她,调了调眼镜说道:"哦,早上好。你知道世界上正在发生什么事吗?"

"什么?"凯特问他,但他肯定不是特指某个新闻,因为他只是一脸绝望地朝报纸挥了挥手,然后就继续读报了。

他穿了件工装连体裤。凯特觉得这样挺好,但过了一会儿当邦妮走进厨房时,她立马提出了质疑:"你不会打算穿着这个去教堂吧。"

"嗯?"父亲哼了声,翻过一页报纸。

"你得表现出点尊重,爸爸!教堂对某些人来说是神圣的地方,我不管你自己的信仰是什么。你再怎么说也得穿上正常的衬衫和裤子。"

"今天是周日,"她父亲说道,"教堂没别人的,只有我们和你舅舅。"

"但我们是要拍照给移民局看的,这算哪门子结婚照啊?"邦妮问道。有的时候,邦妮会狡猾得不可思议,"你穿着工作服。有点儿太明显了,你不觉得吗?"

"啊!是啊,你说得有道理。"他说着叹了口气,合上报纸站了起来。

邦妮自己穿了件带天使翅膀的背心裙,凯特则穿了件浅蓝色的直筒式棉布连衣裙,这还是她大学时代的衣服——之所以选这件,是因为她觉得塞隆舅舅隐约表达了类似建议。她不习惯穿浅颜色的衣服,穿上这件让她感觉特别扎眼,浑身不自在;她担心自己看上去会不会太刻意了。不过显然邦妮觉得没什么问题。至少,她没表示异议。

凯特从冰箱里拿出一盒鸡蛋,问邦妮:"要个煎蛋饼吗?"但邦妮回答:"不用了,我要自己打个健康果昔。"

"好吧,那你得保证做完之后弄干净。上次你做完果昔,厨房一片狼藉。"

"我等不及了,"邦妮说道,"赶紧离开这里,别整天在我后面念念叨叨了。"

显然,她已经不再担忧她唯一的姐姐即将被转手出去的命运了。

几天前,凯特雇了一位名叫卡罗尔太太的女人,请她每天下午过来稍微做点简单的家务,在巴蒂斯塔博士下班回来前陪着邦妮。卡罗尔太太是塞尔玛姨妈的女佣——塔伊玛的姑姑。塞尔玛姨妈一开始推荐的是塔伊玛的妹妹,但凯特想找个经验老到之人,不管邦妮耍什么花招都招架得住。"她可比一般人以为的狡猾得多。"凯特是这么叮嘱卡罗尔太太的,后者回答:"我听到了。是的,知道了。"

吃完早饭,凯特回到楼上,把最后一些零零碎碎的东西装进了她的帆布包里。然后她一边帮邦妮换好床单,一边想着,下次再看见这间房时，里面一定会完全变样。镜子周围会贴满各种照片和美图明信片，书桌上会堆满化妆品，衣服会乱七八糟地丢在地上。但想到这些并没有让她心烦意乱。她觉得自己已经用够了这个房间。她已经过够了这种生活。等到皮奥特尔拿到了绿卡，她也不会再搬回来住，不管她父亲是怎么设想的。她会自己找一个住处，即使她的工资只够在某个地方租一间小小的屋子。或许那时候她就拿到文凭了，或许她就能有份新工作了。

她把自己的床单扔进待洗篓里。现在它们就留给卡罗尔太太处理了。她提起帆布包，走下楼去。

她父亲坐在起居室的躺椅上一边等着她，一边用手指敲着自己的膝盖。他换上了黑色西装，被邦妮说服后，他尽了最大努力。"啊，你来了！"她走进来时他叫道，然后站起来换了一种语气对她说，"我的亲爱的。"

"什么？"她问，因为听上去他似乎准备宣布什么事情。

然而他犹豫着："啊……"接着清了清嗓子说道，"你看起来真的长大了。"

她一头雾水。就在几分钟前他才看见过她，样子压根没一点变化。"我的确长大了。"她对他说。

"是啊，"他说，"但这多少有点让人意外，你知道的，因为我还记得你出生时候的模样。你母亲和我以前从来没抱过婴儿，你的姨妈还得手把手教我们。"

"哦。"凯特说。

"而现在你都穿上这条蓝色连衣裙了。"

"嗯，哎哟，这件旧衣服你都不知道见我穿了多少次了，"凯特说道,"别这么大惊小怪的。"

然而她情不自禁地感到很高兴。她知道他想说却未说出口的话。

她突然想到,如果以前她母亲也能明白父亲渴望说出的那些话——如果她能读懂他的暗示的话——他们四个人的生活可能都会幸福很多。

生平第一次,她发现自己竟慢慢能读懂他人的暗示了。

她父亲开车,因为坐别人的车让他紧张不安。他们家的车是一辆沃尔沃老爷车,保险杠上密密麻麻地布满了他以前开车时留下的刮痕,后排座位上杂乱无章地堆放着他们三个人的东西——橡胶实验室围裙、一大沓期刊、一张写着字母"C"的美工纸海报,还有邦妮的冬大衣。凯特不得不坐到后排座上,因为邦妮抢先蹿上了副驾驶座。车子驶到约克路上的一个红绿灯时猛地一个急刹车,一半的期刊滑落到凯特脚下。走高速的话就会平坦顺畅点,更不用说会快很多了,但她父亲不喜欢和其他车子挤在一条路上开。

"三株杜鹃花只要25美金",路上经过她常去的园艺市场时她读着外面的招牌,就在一瞬间,她突然希望自己今天是在那里购物,希望这是一个正常的周六上午,她照例忙着各种平淡无奇的琐事。到底还是个晴天,看着路上行人缓慢悠然、恍恍惚惚地走在路边的样子,便知道这天的温度也是再宜人不过了。

她感到肺里快缺氧了。

塞隆舅舅的教堂名叫"科基斯维尔联合教堂",是一座灰色的石质建筑,最高处矗立着一根小型尖顶——那种简化版的尖顶。教堂就位于约克路后面,那里附近尽是成排的古玩店和寄售店。

停车场空荡荡的,只停着塞隆舅舅的那辆黑色雪佛兰。巴蒂斯塔博士把车子倒在它边上,熄了引擎,然后垂下头把额头贴在方向盘上,他每次成功把车子停在一个地方后都会这样。

"还没见着皮奥德尔。"过了一会儿他终于抬起头来说道。

今天上午轮到皮奥特尔负责实验室的例行工作。"看到没?"巴蒂斯塔博士之前这么说,"从今以后我就有个靠得住的女婿了,可以放心地让他来顶替我。"然而,才这么一会儿他已经想到了好几个细节问题,担心皮奥特尔或许没注意到。他们还没从家里出发时他就问了凯特两次:"我要不要打个电话给他,问问情况怎么样了?"不过接着他就自己替她回答了,"不用,没事的。我可不想打扰到他。"这或许不仅是因为他的手机过敏症,也归结于最近他和皮奥特尔关系的变化。他还在为上次的事生着闷气。

他们按照塞隆舅舅先前说的来到教堂后部,敲了敲一扇普普通通的,像是通往某间厨房的木门。门上有块玻璃窗,挂着蓝白方格布的窗帘。片刻之后,方格布被拉开,露出塞隆舅舅那张向外探看的圆脸。见是他们后,他咧嘴一笑,打开了门。他穿着西装,系着领带,凯特感动地发现——他真的像对待一件大事般庄重。"新婚快乐!"他对她说。

"谢谢。"

"我才和你姨妈通完电话。我猜她大概还抱着一丝希望,想着会不会在最后一刻收到邀请,但她表示她打过来只是问问我觉得皮奥德尔会不会不喝香槟。"

"他为什么会不喝香槟?"

"她觉得他可能想喝伏特加。"

凯特耸了耸肩。"至少我不这么觉得。"她说。

"她或许是怕他会把酒杯砸到家里的壁炉上或是怎么的吧。"塞隆舅舅说道。凯特注意到,当塞尔玛姨妈不在场时,塞隆舅舅说起他姐姐时变得肆无忌惮许多。"进来到我办公室坐坐,"他说,"皮奥德尔知道要敲后门吗?"

凯特瞟了父亲一眼。"知道的,我告诉他了。"后者说道。

"我们等他的这会儿可以先看看誓词。我知道我们说好了一切从简,但我想让你看看你做出的是什么样的选择,这样你就知道你们两人的承诺意味着什么了。"

他领着他们经过一条狭窄的走廊,来到一间四壁皆书的斗室。架子上密密麻麻的全是书,写字桌上和两把折叠椅的椅面上也都堆着成摞成摞的书,就连地上也堆满了书。只有写字桌后面那把转椅是能坐的,但塞隆舅舅一定是觉得自己坐下而让其余三人站着有失礼貌。于是他背靠着写字桌前部,半坐在桌角上,从一摞书里拿来最上面一本,翻到里面折过角的一页。"现在开始,"他说,手指划过上面的一行字,"'亲爱的爱人'诸如此类的。你不介意吧,我想。"

"不介意,可以的。"

"然后我会问:'谁将这位女士送向新郎手中?'"

巴蒂斯塔博士吸了口气准备回答,但凯特抢先一步说了"不需要",于是没有听到他本来想说的话。

"然后我想我们就省去顺从丈夫这条承诺吧——我知道你的,凯特,嗯,实际上这年头几乎没人还说这条了。我们就直接进入'无论祸福'吧。'无论祸福'可以的吧?"

"噢,当然。"凯特说。

他能这么顾及自己,真是善解人意,她想。他对巴蒂斯塔一家人没有信仰这点也只字未提。

"你都不知道现在有的夫妻想要省去多少部分,"他说着合上书把它放在一边,"还有他们自己拟的誓言,有的你根本没法相信。诸如'我保证每天不会就狗狗的趣事谈论五分钟以上'。"

"你开玩笑的吧。"凯特说。

"恐怕不是。"

她想到可不可以让皮奥特尔保证再也不引用谚语。

"那么照片呢?"巴蒂斯塔博士问道。

"照片怎么了?"塞隆舅舅问。

"我能拍几张吗?说誓言的时候?"

"嗯,我想可以吧,"塞隆舅舅说,"但都是些很简短的誓言。"

"没事的。我只是想,你知道的,留个纪念。或许结束后你可以帮我们四个人拍一张。"

"当然可以,"塞隆舅舅说,他看了看表,"好了!现在我们就只等新郎了。"

现在是十一点二十分,凯特知道,因为她自己也才看过手表。他们原本的安排是十一点开始。但她父亲信心十足地说道:"他就快到了。"

"他带了结婚证吗?"

"我带了。"巴蒂斯塔博士从内侧胸袋里掏出来递给塞隆舅舅,"周一我们就开始找移民局办这个事。"

"嗯,我们先到教堂去吧,你们在那里等可以舒服点,好吗?"

"他们在申请之前必须真正结婚,"巴蒂斯塔博士说道,"显然结婚必须是既成事实。"

"你们见过布鲁德小姐没?"塞隆舅舅问。他在走廊边上的另一道门前停下。一个面色苍白的女人从写字桌上抬起头来,朝他们微笑,她大约四十五岁,额头上如少女般夹着枚发卡,把一头短发别到后面。"布鲁德小姐是我的得力助手,"他对他们说道,"她有时一周七天都过来,尽管这只是个兼职职位。安菲仕,这是我外甥女凯特,她今天结婚,这是她妹妹邦妮,我姐夫路易斯·巴蒂斯塔。"

"祝贺祝贺。"布鲁德小姐边说边从椅子上站起来。不知为何,她的脸上泛起两片红晕。她属于那种脸红时眼睛会变得水汪汪的人。

"跟他们说说你为什么叫'安菲仕[1]'。"塞隆舅舅说道。接着,还不等她开口,他就自己告诉他们,"她是在一辆出租车上出生的。"

"哦,老天啊,"布鲁德小姐发出银铃般的清脆笑声,"他们可不想听那种故事!"

"是一次意外生产,"塞隆舅舅解释道,"我的意思是,出人意料得快,当然,生产本身是在意料之中的。"

"嗯,是自然发生的!妈妈可不是故意把我生在车上的。"布鲁德小姐说道。

巴蒂斯塔博士说:"谢天谢地不是赫兹[2]。"

布鲁德小姐再次发出银铃般的笑声,但她的目光仍然没有从塞隆舅舅身上移开,手漫不经心地摆弄着颈上的那串白色玻璃珠项链。

---

[1] 原文为"Avis",即著名租车服务品牌"安飞士"。

[2] Hertz,也是著名租车服务品牌。

"好吧,继续往前走……"塞隆舅舅说。

布鲁德小姐重新坐回到椅子上,一边用手飞快地拂了下裙子的背面,脸上仍然笑意盈盈。塞隆舅舅领着其余人沿着走廊继续前进。

在许久以前的某几次圣诞夜和万圣节,凯特曾经来过这个小教堂,里面看上去还是颇为现代的,从一面墙到对面墙的整个地面上铺着米色的地毯,两边的窗户素朴干净,中间是一排排的金色木质长椅。"你们怎么都不坐下,"塞隆舅舅对他们说道,"我先回办公室去,这样皮奥德尔敲门时我能听到。"

凯特之前就在担心这个——他们会不会错过了皮奥特尔的敲门——所以她很高兴看到他折回去。再者,他们三个人单独待着时就不用没话找话。他们可以静静坐着,互不说话。

她凝神倾听舅舅从走廊上走过去的脚步声,因为她好奇他在经过布鲁德小姐办公室门口的时候是否会停下来,或者至少放慢脚步。但是没有,显然他直接急匆匆地走了过去。

"我和你母亲就是在这个教堂里结婚的。"巴蒂斯塔博士说。

凯特吃了一惊。她从没想过问问自己的父母是在哪儿结婚的。

邦妮惊问:"真的吗,爸爸?是那种盛大华丽的婚礼吗,有伴娘的那种?"

"哦,是的。她的全部心思都扑到这场该死的闹剧上了,"他说,"塞隆当时才被聘到这里担任助理牧师,所以理所当然地由他主持婚礼。我姐姐大老远从马萨诸塞州赶过来,和我母亲一起。那个时候我母亲尚在人世,尽管身体已大不如前,但是,哦,他们都说:'我们需要你的家人出席,你难道一个朋友都没有吗?同事呢?'我找了我的博士后学生做伴郎,我好像想起来了。"

他站起身来，开始沿着中间的过道来回踱步。每当他不得不无所事事地傻坐着时，哪怕只是一会儿，他总是会烦躁起来。凯特望向上面的讲台，和教堂里的长椅一样，它是金色木质的。讲台上面放了一本巨型的书，摊开着，可能是《圣经》，书页间的几片红色丝带书签垂落在外面。讲台前面是一个低矮的木质圣坛，上面放了一个装满郁金香的花瓶，瓶底置于一片装饰垫子的中央。她试图想象，她的母亲曾经也是站在那圣坛之上的新娘，身旁是一个年轻时候的、还没像现在这样一本正经的父亲，然而她怎么都只能想到一个病怏怏的、有气无力的母亲，身着一袭白色婚纱，旁边站着秃顶弓背的巴蒂斯塔博士，正看着他的手表。

邦妮收到一条短信，凯特听到了她手机的蜂鸣声。邦妮从钱包里拿出手机，看着屏幕咯咯笑起来。

她们的父亲在一排长椅边停下，从赞美诗册子自取架上拿过来一本。他仔细看了看册子的封面和封底，然后又把它放回到架上，重新踱起步来。

"但愿实验室里没出什么问题。"他在下一次经过凯特身边对她说道。

"能出什么问题？"她问他。

她是真的想知道，因为无论可能出什么问题，都好过仅仅是因为皮奥特尔临阵脱逃——他最终还是不想娶她，尽管他能娶她已是占尽便宜。"这不值当，"她都能听到他这么说着，"这么个**难搞**的女孩！这么没规没矩的。"

但她父亲只是这样说："可能出任何问题。可能出太多问题了。哦，我有种感觉，不该留给皮奥德尔一个人管的！我知道他能力超群,但不管怎么说,他终究不是我。"

接着他又继续朝教堂后部踱去。

邦妮正在打着一条短信。啪,啪,啪,速度和老电影里打电报时的按键一样快,两手拇指并用,几乎都用不着看屏幕。

最后,塞隆舅舅终于再次出现了。"那么……"他从门口那里喊道,径直走向邦妮和凯特坐着的那排长椅,巴蒂斯塔博士也立马折回来与他们会合。

"那么,皮奥德尔是要从大老远赶过来吗?"塞隆舅舅问道。

"就从我的实验室过来。"巴蒂斯塔博士回答。

"难道他遵从的是某种外国的守时标准?"

他问这话时看着凯特。她回答:"某种外国的……好吧,可能吧。我不太清楚。"

然后她从他脸上的表情看出来,她应该要清楚,如果他们真的交往了很久的话。在被移民局问话时她得记住这点。"哦,真拿他没办法!"她要轻松欢快地对他们说,"我告诉他我们得在六点钟到朋友家,但他竟然直到七点才开始换衣服。"

如果他们真的能走到被移民局问话那一步的话。

"或许可以打个电话问问他是不是需要什么指引。"塞隆舅舅说。

但凯特就是不想打电话,尽管她知道这样很愚蠢。她想起了上七年级时女孩子们之间那些让她至今仍难忘怀的讨论——她们是怎样不愿让别人看出自己"倒追男生"。即便对方是即将和自己结婚的男生(姑且这么叫吧),这样做也是不对的。他爱多晚露面就多晚露面吧!看看她到底在不在乎。

她心里没底地说道:"他可能在路上了吧。我不想让他开车分心。"

"那就给他发个短信。"邦妮提议。

"嗯……"

邦妮喷了一声,把她的手机放回钱包里,然后朝凯特伸来一只手,手心朝上。凯特盯着她的手看了片刻才明白过来。然后,她只能慢吞吞地从帆布包里掏出自己的手机,递给邦妮。

啪,啪,啪,邦妮敲起字来,看上去连想都没想一下。凯特斜瞥过去看看她打了什么。"你在哪?"她读道,就显示在皮奥特尔给凯特发的上一条短信下面,那条短信已经是好几天前发的了,只有寥寥几字:"好的,拜拜。"

现在这最后一条短信似乎成了重要线索。

没有回复。甚至连那种表示他正在写着回复的小圆点都没有。他们一个个满脸无助地看着塞隆舅舅。"要不打个电话?"他再次提议。

凯特镇定下来,从邦妮手中拿回自己的手机。就在这时,手机发出一声柔和的嗡嗡声,她着实吓了一跳,以至于一阵慌乱中弄掉了手机,幸好只是掉在膝盖上。邦妮又喷了一声,帮她捡了起来。"出大事了!"她念出来。

她们的父亲惊叫:"什么!"他身子前倾越过塞隆舅舅,从邦妮手中夺过手机,盯着屏幕看。然后他开始打字。尽管他的确只是用一个食指点击着,凯特还是大开眼界。他们每个人都看着他。最后他问:"现在我做什么?"

"你做什么,这是什么意思?"邦妮问他。

"我怎么发送?"

邦妮喷了一声,从他手里拿过手机,开始啪啪按键。凯特越过她肩头瞟着屏幕,只见父亲打的短信是:"什么什么什么。"

众人等待着。巴蒂斯塔博士连呼吸都不规律了。

又是一声嗡响。"老鼠没了。"邦妮念出来。

巴蒂斯塔博士发出一声怪叫,好像被扼住了喉咙快要喘不过气来。他双腿一软,瘫倒在他们面前的长椅上。

有那么一会儿,凯特没想到"老鼠"意味着什么。老鼠?老鼠跟这一切有什么关系?她是在等着她结婚的消息。塞隆舅舅看上去也是同样茫然。"老鼠!"他不解地重复,脸上带着厌恶的表情。

"父亲实验室里的老鼠。"邦妮向他解释。

"他实验室里有老鼠?"

"那里一直有老鼠。"

"是啊……"塞隆舅舅说,他显然没领会两种说法有什么区别。

"是豚鼠[1]。"邦妮补充道。

塞隆舅舅看上去完全一头雾水。

"我不能相信,"巴蒂斯塔博士微弱无力地说道,"我怎么都不能接受。"

手机再次发出声响。邦妮举起来念道:"动物权利保护者把它们偷走了,项目一败涂地什么都没了,没戏了。"

巴蒂斯塔博士发出一声呻吟。

"啊,是啊,那种老鼠。"塞隆舅舅说着额头舒展了些。

"他说的是PETA[2]人士吗?"邦妮朝着他们说道,"难道有什么法则规定成年人不能用缩写词,还是怎么的?'PETA',你个白

---

[1] 又称"天竺鼠",常用作科学实验对象。

[2] 善待动物组织,该组织反对用动物做实验。

痴！就说'PETA'，看在上帝的分儿上！'动物权利保护者'，哈！这人实在是……太古板了！还有你们看，他在每个能用定冠词的地方都用上了定冠词，尽管他说话的时候几乎从来不用。"

"那么那么多年的心血，"巴蒂斯塔博士喃喃自语，此时他弯着腰把头埋在手臂里，所以很难听清楚他说了什么，"那么那么那么多年，都付诸东流了。"

"哦，亲爱的，当然不至于那么糟糕的，"塞隆舅舅安慰他，"肯定还有挽救办法的。"

"我们可以给你买些新的老鼠！"邦妮附和道。她把手机递还给凯特。

凯特终于有点明白过来了。她对邦妮说："即便是你，也应该明白只有那些老鼠才有用。它们是一代代繁衍的漫长遗传链中的最后一批老鼠，它们是特殊培育的。"

"然后呢？"

"这些人是怎么进入实验室的？"巴蒂斯塔博士哀号着，"他们是怎么知道进门的密码组合的？哦，上帝，我得从头再来了，可我太老了，没法从头再来。至少还得再花二十年时间。我不会有资助了，我只能关了实验室，然后以开出租车为生。"

"千万不能这样！"塞隆舅舅的语气中带着真实的惊恐。邦妮叫起来："你打算让我辍学打工，是的吧。你打算让我去某个牛排店里端那种血淋淋的生牛上腰肉。"

凯特不解于两人为什么都在考虑此类完全不适合他们的职业。她说："别吵了，你们俩。我们都还不能肯定是不是真的……"

"哦，你在意什么？"她父亲厉声发问，猛地抬起头来，"你在幸灾乐祸吧,我估计,因为现在你就不用被逼着结婚了。"

凯特说:"我不用怎么?"

她舅舅插进来:"她为什么要被逼着结婚呢?"

"还有你!"巴蒂斯塔博士转向邦妮,"你辍学又怎么样?没什么大不了的!你从来没显露过一点点天分。"

"老爸!"

凯特木然地盯着面前的赞美诗册子自取架。她正努力让自己恢复过来。她好像一下子灰心丧气了。

"所以就是这样,"她父亲黯然地说道,"原谅我好吗,塞隆?我得回实验室去了。"他一点一点地站起来,迟缓得犹如一个老人,然后步入过道里。"我为什么还要继续活着呢?"他问凯特。

"我一点儿也不知道。"她没好气地回答。

看起来,她又得住回自己的老房间了。她的生活将一切照旧,如同未曾中断过一样。周一回去上班时她会和别人解释说,事情出了岔子。她会告诉亚当·巴恩斯,她最终还是没结成婚。

想到这些她一点也高兴不起来。说真的,亚当和她并没有什么关系。他总让她觉得自己体格庞大、表情冷淡,与周围格格不入。和他在一起时,她永远都会斟词酌句,生怕说错了话。他不是那种真正喜欢她本来面目的人,无论祸福。

最后这四个字让她心间隐约泛起悲伤的余韵。过了一会儿她才想起来为什么。

她站起身,跟在邦妮后面走进过道。她感觉胃里沉重得好似有铅压着。教堂仿佛在一瞬间变得黯然失色,她此时才看清这是一个如何索然无趣的地方——死寂之所。

她和邦妮站在那儿等着父亲,他正握着她们舅舅的手——或者说更像是双手并用抓着他的手,好像垂死之人抓住救命稻草似的。"还是谢谢你,塞隆,"他的声音听上去像是将死之人,"抱歉占用了你的……"

"凯罗?"

皮奥特尔站在走廊口,他的左肩后面露出布鲁德小姐忧心忡忡的笑脸。只见皮奥特尔衣衫褴褛,看上去简直像个流浪汉:他穿着一件脏兮兮的白T恤衫,因为穿了太久而变薄变透了,领口那里也撕破了,下身套着一条宽松肥大的格子短裤,非常短,凯特不禁担心他是不是把内衣穿出来了,脚上是一双红色的橡胶人字拖。

"你!"他极其大声地吼道。对象是邦妮。他气势汹汹地冲进教堂里,布鲁德小姐吓得退到一边。"一分钟都不要妄想你不会被逮捕起来。"他冲邦妮喝道。

她哼了声:"嗯?"

他径直走到她面前,都快把自己的脸凑到她脸上了。"你这个……素食者!"他对她说,"你这个同情心泛滥者!"

邦妮退后一步,用一只手的掌根轻轻擦了下脸颊。一定是他刚才说话时把唾沫星子吐到她脸上了。"你在搞什么?"她问他。

"你在半夜三更闯进实验室。我知道是你干的。我不知道你把老鼠放在哪儿了,但我知道这事就是你干的。"

"我!"邦妮叫道,"你觉得是我干的!你真的相信我会把我自己父亲的项目给捣毁了!你疯了。告诉他,凯特。"

这时巴蒂斯塔博士挤到他们中间说:"皮奥德尔,我需要知道。情况有多糟?"

皮奥特尔从邦妮面前转过身去，伸出一只手重重地拍了拍巴蒂斯塔博士的肩膀。"很糟，"他对他说，"这是事实。要多糟有多糟。"

"它们全部没了？一个也不剩？"

"一个也不剩。两个架子都空了。"

"但这是怎么……"

皮奥特尔牵着巴蒂斯塔博士朝教堂前部走去，手还放在他的肩膀上。"我起了个大早，"他说，"我想着要早点去实验室，然后就能准时赶来结婚。我来到实验室门前，门还是像往常一样锁着。我按了组合密码。我走进去，来到老鼠培育室。"

他们越走越慢，在离圣坛还有几英尺的地方停了下来。塞隆舅舅、凯特和邦妮还停在远处，看着两人。接着皮奥特尔转身回望凯特。"你在哪儿呢？"他问她。

"我？"

"快过来！我们结婚。"

"哦，"巴蒂斯塔博士说道，"我不知道是否真的……我想我现在还是赶紧回实验室去吧，皮奥德尔，即使已经无法……"

然而凯特却说："等我们说完誓言再走吧，父亲。你可以待会再去看实验室。"

"凯特·巴蒂斯塔！"邦妮叫道，"你不会真的还要继续进行吧！"

"嗯……"

"你听到他刚才怎么跟我说话了吗？"

"好吧，他有点急躁。"凯特对她说。

"我没有该死地急躁！"皮奥特尔粗声吼道。

"你知道我的意思。"凯特对邦妮说。

"现在就过来！"皮奥特尔喊着。

塞隆舅舅说："老天，他可真的是急躁。"他暗自发笑，摇了摇头。他沿着过道走到圣坛，然后站在那里从身体两侧伸出双臂，宛若一个前来报喜的天使。"凯特，亲爱的？"他问，"过来吗？"

邦妮不可置信地嘘了一声，凯特转过身来，把自己的帆布包递给她。"好吧，行，"邦妮对她说，"就这样吧。你们俩挺般配的。"

但她还是接过了帆布包，然后跟在凯特后面走上过道。

来到圣坛，凯特在皮奥特尔身边坐下。"我一开始还没明白过来，"皮奥特尔对巴蒂斯塔博士说着，"显而易见发生了什么，但我还是没明白过来。我只是干瞪着眼。两个空空的架子，笼子没了。架子旁边的墙上写着一行字，直接写在墙上的：动物不属于实验室设备。看到这行字后我决定报警。"

"报警，哦，算了吧，警察能做什么？"巴蒂斯塔博士说，"做什么都太晚了。"

"警察要过很久很久才过来，好不容易等到了，可他们一点也不聪明。他们对我说：'你能描述一下这些老鼠吗，先生？''描述！'我说，'有什么可描述的？它们就是很普通的小白鼠，没什么别的好说的。'"

"啊，"巴蒂斯塔博士说，"说得也是。"然后他说，"连你都没穿礼服，我不知道我为什么要穿得这么正式。"

"她是嫁给我，不是嫁给我的衣服。"皮奥特尔说。

塞隆舅舅清了清嗓子，说道："亲爱的爱人……"

两个男人转过背来面对着他。

"在主的见证下我们聚集于此……"

"但是,肯定有什么办法能把它们追回来,"巴蒂斯塔博士对着皮奥特尔小声嘀咕,"租个猎狗或是什么的。不是有专门用于这种目的的狗吗?"

"狗!"皮奥特尔说着微微侧向巴蒂斯塔博士,"狗会吃了它们的!你想要这样?"

"那或者找侦探吧。"

"你,凯瑟琳,"塞隆舅舅用一种不同寻常的坚定有力的声音说道,"是否愿意与这个男人,皮奥德尔……"

凯特能感觉到皮奥特尔很紧张,因为他的身体僵硬极了,站在他另一边的她的父亲激动不安,从她身后则传来邦妮的阵阵抗议。只有凯特自己心如止水。她挺直站着,目光注视着她的舅舅。

等他们到了"你可以吻新娘了"那里,她父亲已经转身准备离开圣坛了。

"行了,我们现在就走。"皮奥特尔说,即使此时他还倾身向前,在凯特脸颊上啄了一记。"警察想要——"他对巴蒂斯塔博士说,然后凯特直直地走到他面前,双手捧住他的脸,非常温柔地吻了他的双唇。他的脸颊凉凉的,但微微开裂的嘴唇却是温暖的。他眨了眨眼睛,退后一步。"——警察也想和你谈谈。"他有气无力地朝巴蒂斯塔博士说完。

"祝贺你们二人。"塞隆舅舅说。

第十一章

　　为了坐上皮奥特尔的车,凯特得从驾驶座那里进去,艰难地跨过变速杆爬到副驾驶座上,因为副驾驶座那边的车门好像被什么东西砸凹陷了,再也没法打开。她没有问怎么造成的。显而易见,皮奥特尔刚才开车时比往常还要不专心。

　　她把帆布包放到车里散落着杂七杂八没用的传单的踏板上,然后把手伸到身子底下摸出一个硌着她的突起物。原来是皮奥特尔的手机。他在方向盘前坐定后,她便伸手将手机递向他,问道:"你开车的时候在发短信吗?"他没回答,只是一把从她手里夺回手机,塞到自己短裤前面的右边口袋里。接着他扭转点火开关,引擎伴着刺耳的吱吱声轰鸣着发动起来。

　　然而,还没等他从停车位置倒出来,巴蒂斯塔博士就冲过来用指关节敲打着皮奥特尔这边的车窗。皮奥特尔摇下车窗大吼:"什么!"

　　"我先把邦妮载回家,然后就直接去实验室,"巴蒂斯塔博士对他说,"我检查完情况后就会去跟警察谈话。我们在警察局前台见吧,我想。"

　　皮奥特尔只是点了点头,接着就以急猛之势启动倒车。

他们极速驶出琼斯瀑布高速,一路上皮奥特尔不停地强迫自己重新回想这场悲剧结尾处的每一个瞬间。

"我站在那里,想着:'我看到了什么?'我想着,'只要闭一闭眼睛,然后一切都会恢复正常。'于是我闭了闭眼睛,然而架子上还是空空如也。没有盒子。墙上的字看上去好像在吼叫着,喧嚷着。然而屋子里非常,非常安静,没有一点动静。你知道平时老鼠总是动个不停摩挲作响,吱吱尖叫。它们一听到有人进来就蹿到前面,它们感觉人类……充满希望。现在,什么都没了。一片死寂。只有四五片雪松碎屑散落在光秃秃的地上。"

他那边的车窗仍然开着,风吹打着凯特的头发,让它们缠绕起来打了结,但她决定不提这事。

"我实在太不愿相信这是真的,于是我转身走进另外一间房。好像老鼠或许会自己跑到别的地方去似的。我说,'凯罗',我不知道我为什么说'凯罗',好像它们会回答我似的。"

"你该在这个岔路口往左拐。"凯特提醒他,因为他们仍在飞速行驶,他好像没有要拐弯的意思。在最后一秒,他猛然一个急转弯,把她甩到了车门上,没过多久,他又一个飞速的右转弯,连路况都没看一看就上了北查尔斯街。显然他毫不介意和其他车子挤在一条路上开。"我从来不相信那个邦妮,从一开始就不相信,"他对凯特说,"完全像个小孩子。就像我们国家的人们说的……"

"不是邦妮干的,"凯特对他说,"她没那么大胆子。"

"当然就是她干的。我跟警察说了是她干的。"

"你说什么?"

"侦探在笔记本上写下了她的名字。"

"哦，皮奥特尔！"

"她知道门锁的组合密码，她还是个素食者。"皮奥特尔说。

"很多人都是素食者，但这并不代表他们会入室抢劫。"凯特说。她用双脚抵着车底以求稳住自己，因为他们快驶到一个黄灯前了。"再说，她也不是真的素食者。她只是这么说而已。"

皮奥特尔开得甚至更快了，不顾黄灯直接冲了过去。"她就是素食者，"他说，"她让你在肉糜里不要放肉。"

"这没错，她还一直在偷吃我的牛肉干。"

"她偷吃你的牛肉干？"

"我得每隔几天就换个藏匿处，因为她老是能找到。她和我一样都不是素食者！这只是一个阶段，只是十几岁孩子会有的三分钟热度。你得告诉警察不是她做的，皮奥特尔，告诉他们你搞错了。"

"不管怎么说，"皮奥特尔阴沉着脸说道，"是谁干的又有什么关系呢？老鼠消失了。我们那么精心地照看它们，而现在它们却在巴尔的摩的大街上东蹿西跳。"

"你真的以为动物爱好者会把一群笼子里养大的老鼠放生到车水马龙的大街上？他们还是有点常识的。那些老鼠肯定被藏在哪里了，安全地保护起来，它们体内的抗体或是别的什么肯定还好好的。"

"请不要跟我顶嘴。"皮奥特尔说。

凯特朝车顶翻了个白眼，两人谁都没再开口说话。

巴蒂斯塔博士原本计划让凯特在办完婚礼后就戴上她母亲的结婚戒指，这天她也把戒指带到了教堂。然而宣读誓言时塞隆舅舅没有提到戒指——或许,这正表明这场大混乱让他也慌了阵脚,尽管他并未明显地表现出来——于是这时她弯下腰,从帆布包里抽出自己的皮夹,从硬币隔层中取出了那枚戒指。这是一枚黄金材质的结婚戒指,而她的订婚戒指是白金材质的,但她父亲说这样完全可以。她默默地将它套到手指上,然后把皮夹放回了帆布包里。

他们一路呼啸着飞驶过北查尔斯街,每次恰巧赶在黄灯跳成红灯时冲过路口。皮奥特尔一次也没有停下过!他们嗖嗖地经过盛开的樱花树和布拉德福德梨树,每棵树下都落满了粉色或白色的花瓣,一堆堆,一簇簇,煞是烂漫。当他们开到约翰·霍普金斯大学校园附近一片混乱的建设工地时,皮奥特尔连信号灯都没打一下就急不可耐地转弯离开了北查尔斯街,还差一点撞倒了一群提着野餐篮子的年轻人。现在快到下午一点了,整个世界似乎都在浩浩荡荡地奔赴午餐——每个人都欢笑着,呼朋唤友,不紧不慢地信步闲逛。皮奥特尔不出声地咒骂了一句,然后摇上了自己的车窗。

在墨菲太太的房子前面,皮奥特尔靠着路边停下车子,轮胎在地面上发出刺耳的摩擦声,然后他熄灭了引擎,打开车门走出去,关门时差点把门打在凯特的脚踝上,因为当时她正一声不响地跨过变速杆,穿过驾驶座。"看着点!"她对他说道。不过至少他还未风度尽失,仍然退到后面,等着她从车里出来,但他还是一言不发,然后一等她下车就狠狠关上了车门,力度大得过了头。

他们踩着人行道上铺洒的一层淡粉色落花走过。他们爬上三层前阶,在门廊上停下。皮奥特尔拍了拍他的前裤袋,接着又拍了拍他的后裤袋。"真该死。"他说着,然后用手指按响门铃,就那么按着,一直不拿开。

一开始,感觉没人会来应答。然而,最终里面传来了嘎吱声,接着刘太太打开了门,厉声问道:"你按门铃干什么?"

她看上去还穿着凯特上次见到她时的那套衣服,但这次她却不再是满面笑容。她连瞟都没瞟凯特一眼,只是凶神恶煞地瞪着皮奥特尔说:"墨菲太太在睡午觉。"

"我不需要墨菲太太,我需要进屋里来!"皮奥特尔大喊。

"你有屋子的钥匙!"

"我把钥匙锁在车里了!"

"又是这样?你又这样了?"

"不要对着我呱呱乱叫!你这样非常粗鲁!"皮奥特尔说着把她推到一边,自己直接大踏步向楼梯走去。

"抱歉,"凯特对刘太太说道,"我们不是有意打扰你们的。我已经订做了一把备用钥匙,周一就能拿,所以以后不会再这样了。"

"他自己才是非常粗鲁。"刘太太说。

"他今天过得够呛。"

"他经常过得很够呛。"刘太太说。但她最后还是退后一步让凯特进了屋。然后她这才问,"你们结婚了?"

"没错。"

"祝贺你们。"

"谢谢。"凯特说。

她暗自希望刘太太不是在可怜她。上次,她对皮奥特尔的怜爱溢于言表,可现在,他们看上去却像冤家对头。

她追上皮奥特尔时,后者已经走上二楼了。她赶超他向着她那间房走去,准备把她的帆布包放到那里。皮奥特尔在她身后说:"我的备用钥匙放哪儿了?"

她停住了,转过身。他在三楼平台上站住,出神地环顾着四周。平台上空荡荡的,别说一件家具一幅画什么的,就连墙上的一个挂钩都没有,所以看上去他怎么也不可能是把钥匙藏在了这里。但他就站在那里,一脸困惑不解的表情。

她的第一反应是反问他:"我为什么会知道你把备用钥匙放哪儿了?"但她压下了这一冲动。她把包放到地上,问他:"你平时把它们放在哪儿的?"

"厨房抽屉里。"他说。

"那我们为什么不看看厨房抽屉呢?"她说。她比平时说话放慢了语速,语气也更为平缓,尽量不让自己听上去怒气冲冲的。

她带头走进厨房,开始一个个抽开台子下面古里古怪的白色金属抽屉:一个抽屉里放着商店出售的廉价刀叉勺子,一个放着杂七杂八的厨房用具,还有一个里面放着洗碗布。全部翻完后她回到那个放厨具的抽屉前,这个看上去是最有可能的,尽管她自己是不会把钥匙藏在这种地方的。她叮叮当当地翻出几个刮刀,一个搅拌器和一个手状曲柄打蛋器……皮奥特尔就站在那,双臂无力地垂在两侧,没有要帮忙的意思。

"看吧。"最后她说道,手里举着一个铝制浴帘吊环,上面串着一把房门钥匙和一把大众车钥匙。

"啊!"皮奥特尔说着便扑上来想要夺走,但她退后一步,把钥匙藏到了身后。

"首先你要给警察打电话,"她说,"告诉他们邦妮的事是你搞错了。然后你才能拿到钥匙。"

"什么?"他说,"不行。把钥匙给我,凯瑟琳。我是你丈夫,我说把钥匙给我。"

"我是你妻子,我说不行。"她寸步不让。

她以为他会从她手里硬抢过去,甚至觉得在他脸上看到了这个念头一闪而过的痕迹。然而他只是说:"我只会告诉警察邦妮有可能不是素食者。成吗?"

"告诉他们老鼠不是她拿走的。"

"我会告诉他们你觉得不是她拿走的。"

凯特觉得这已经是她所能期望的最好结果了。"那就这样吧。"她说。

他从右前裤袋里掏出手机。然后又从后裤袋里摸出皮夹,从里面抽出一张名片。"分管我这个案子的侦探,专门的。"他不无骄傲地说道。他举起名片让她念上面的字。"你们怎么念这个名字?"

她瞟了眼。"麦肯荣。"她说。

"麦肯荣。"他按了按手机,盯着屏幕看了一会儿,然后开始艰难费力的拨号过程。

即使从她站的地方,也能听见才响了一声便传来一个男人的声音,说的是事先录好的一段话。"他肯定是把电话挂掉了,"她对皮奥特尔说,"留个言吧。"

皮奥特尔放下手机,不可置信地瞪着她。"他挂掉了?"他问。

"所以他的语音信箱才会这么快接起来。留个言吧。"

"但他说我全天二十四小时都可以打给他,还说这是他的私人电话。"

"哦,看在上帝的分儿上。"她说,然后一把将手机从他手里夺过来,贴到自己耳边。"麦肯荣侦探,我是凯特·巴蒂斯塔,"她说道,"我想说的是皮奥特尔·施切尔巴科夫实验室遭闯入那个案子。他跟你说我妹妹邦妮有很大的嫌疑,他这样说是因为他以为邦妮是素食者,但实际上她并不是。她吃肉的,而且她昨晚全夜都待在家里,我保证如果她出去过我肯定会知道,所以你可以把她从嫌疑人名单上去掉了。谢谢。拜。"

她结束通话,把手机还给皮奥特尔。谁都料不准,她刚才那通话是不是说得太晚了,没来得及被录下来。

皮奥特尔把手机放进裤袋里。他说:"侦探对我说:'这是我的名片。'他对我说:'你如果想到别的什么,随时给我打电话。'而现在他理都不理我。救命稻草,他是我最后的救命稻草。我这辈子都没遇上过这么糟糕的一天。"

凯特不由自主地觉得受到了侮辱,尽管她知道这样想有点不近人情。

她默不作声地把钥匙交了出来。

"谢谢,"他魂不守舍地对她说,然后又加了句,"嗯,谢谢。"——不常说的那声"嗯"稍稍缓和了他的语气。他抬起手摸了摸自己的后脑勺,整个人看上去虚弱苍白,精疲力竭,突然显出了与他年龄不符的老态。

"我从来没跟你说过,"他说,"但待在这儿的三年里我过得真的不容易,寂寞孤独,困惑迷茫。所有人都表现得好像身在美国是一种恩赐,但我觉得算不上百分百的恩赐。美国人说的话很容易误导人。他们看起来热情友好,一上来就直呼大名。他们看起来不拘小节,随和率性。然后他们却会挂掉电话。我真弄不懂他们!"

他和凯特面对面站着,相距至多一英尺。两人靠得如此之近,以至于凯特都能看见他髭须上反射的微不可察的金色闪光,以及糅杂在他幽蓝双眼中的细小棕色斑点。

"或许,这也是语言的一部分,"他说,"我认识单词,但我还是没学会随心所欲地运用这种语言。当我仅仅是对着你说话时,没有一个专门的词用来指称'你'。英语中只有唯一的一个'you',所以当我对一个陌生人说话时,我也只能用同样的这个'you'。我没法表达出我的亲昵。我在这里思乡得厉害,但我觉得要是现在回到自己的国家,我又会反过来思念这里。我已经没有故乡可以回去了——无亲无故,工作也没了,我的朋友三年来都过着自己的日子。我没有自己的容身之所,所以只能假装自己在这里过得很好。我只能假装一切都……你怎么说来着?倍儿棒。"

凯特想起父亲几个星期前的那次袒露心扉,他向她诉说这么多年来自己是如何备尝艰辛。男人似乎只是过于迷信某种观念,即认为他们应当将痛苦深埋心底,好像承认痛苦是件丢人的事情。

她伸出手,摸着皮奥特尔的手臂,然而他似乎对此毫无察觉。"我打赌你连早饭都没吃吧。"她对他说,除了这话她想不出还能说什么,"就是!你肯定饿死了。我来给你弄点东西吃吧。"

"我不想吃。"他说。

在教堂里,她以为他不管不顾地把婚礼进行到底或许是因为内心深处,他……嗯,有那么点儿喜欢她。然而现在他却连正眼都不瞧她一下,他似乎都毫不在意她就站在那,和他靠得那么近,手摸着他的臂膀。"我只想找回老鼠。"他说。

凯特垂下她的手。

"我倒是希望小偷就是邦妮,"他说,"这样她就能告诉我们它们在哪儿了。"

凯特说:"相信我,皮奥特尔,不是邦妮。邦妮不过是个跟屁虫!她只是对爱德华·明茨有那么点着迷或别的之类的,所以当爱德华说他是素食……"

她停住了。皮奥特尔还是没朝她看,或者甚至都没听见她在说什么。"哦,"她说,"是爱德华。"

他唰一下朝她看过来。

"爱德华知道实验室的位置,"她说,"他跟着邦妮去过实验室,就是邦妮给父亲送午饭那次。他当时肯定是站在她边上,看着她按组合密码的。"

皮奥特尔一直把钥匙握在左手,现在他突然把它们抛上空中,又一把接住,然后走出了厨房。

凯特叫道:"皮奥特尔?"

等她来到平台时,他已经在一楼楼梯上走到一半了。"你去哪儿?"她趴在栏杆上冲他喊道,"等你吃了午饭再说啊,然后给侦探打个电话,你说呢?你觉得你这是在干什么啊?我能跟你一起去吗?"

然后她只听到他踩着人字拖啪嗒啪嗒走下楼梯的声音。

她应该硬要他带着她一起去的。她应该追上他,二话不说跳进车里。或许,她是因为内心受伤才没这么做。自从婚礼之后他一直对她恶语相加,就好像他觉得既然两人已经结了婚,他就可以对她为所欲为了。他甚至都没注意到是她帮他找到了那几把愚蠢的钥匙，也没注意到她好心好意主动说要给他弄点东西吃。

她从楼梯口转身回去，穿过走廊来到起居室，走到那里的一扇窗前，望着下面的街道。那辆大众车已经开始驶离路边。

在电影里，女人们总能用冰箱里七零八碎的食材轻松变出一桌精美饭菜，然而凯特实在看不出皮奥特尔冰箱里的东西能让她做出什么菜来。里面只有一罐蛋黄酱，几听啤酒，一盒鸡蛋，几根颜色惨兮兮的芹菜，还有揉成一团的"麦当劳"塑料袋，她连看都懒得打开来看一眼。

台子上的果盆里孤零零地躺着一根熟得长了斑点的香蕉。"不可思议的食物。"她似乎都能听到皮奥特尔这样说道。他就是这样矛盾，既钟爱香蕉，又离不开"麦当劳"和"肯德基"。她一个个查看台子上头的橱柜，只见里面全是一排排的空容器——各种壶、瓶子和罐子，每个都擦洗得一尘不染，完美地保存着。简直会让人觉得他有意改行做罐头食品。

唯一的选择就是炒鸡蛋，她想着，但随即她意识到，他连黄油都没有。没有黄油能做炒鸡蛋吗？她可不打算冒险尝试。那么，要不做辣椒粉蛋吧。至少她还有蛋黄酱。她把四个蛋打入平底锅里——这个底部凹陷的锅子还是她在炉子下面的抽屉里找出来的——然后浇上水，把蛋煮熟。

但愿他没有干什么蠢事。他本来就应该直接找警察的。但没准他现在就正往警局赶去，也许是他只身一人直奔那里，也许他先回实验室与她父亲会合。

她重新回到起居室，再次望向窗外，尽管没有任何明确的目的。

自从皮奥特尔把他的书桌从书房搬过来以后，起居室显得不再那么空荡荡了。现在这里堆满了各种杂物，它们显然是和书桌一起从书房迁过来的——没用的邮件、一摞摞的书、卷起来的延长线绳，以及电脑设备。她拿起一张挂历，想知道他有没有标记他们的结婚日，然而日历还停留在二月，而且没有一个日子上有任何标记。她把日历放回桌上。

她回到平台，拿起她的帆布包，拎着进了自己的房间。睡卧两用长椅上那块豹纹罩布消失了，表面光秃秃的，只剩下霉迹斑斑的蓝白条纹椅垫，连条床单或毯子的影儿都没见着。一个同样光秃秃的枕头丢在一旁的地板上。他就不能至少换个新点的枕套吗——总该让她感觉温馨一点吧？她的衣服防尘袋挂在衣柜里，礼物盒放在写字桌上，然而她都无法想象她在这个地方会有任何归属感。

房里空气不通，有股阁楼里的味道，她走到窗边，费了好大劲想要打开窗子，但怎么也没把它推开。最后她放弃了，重新走出去回到厨房。她看了看鸡蛋，想知道熟了没有，但她怎么能够判断呢？在家里，她都是用一个指示灯会变颜色的塑料小蒸蛋机的，它最初是拉金太太用的。于是她就让蛋多煮了几分钟，自己在一边把蛋黄酱舀到一个塑料搅拌碗里，再从桌子上拿起两个调料瓶，往碗里撒上些盐和胡椒粉。然后她又继续做清点工作，一个个查看台子下面的橱柜，但几乎都是空空如也。午饭过后，她要整理那个新婚礼物盒，取出其中的厨房器具。想到这里，她多少打起点精神。一项工程！她知道该把她的绿色马克杯放在哪里。

她关掉鸡蛋下面的炉子,把平底锅端到水槽里,用冷水冲淋鸡蛋,直到它们表面凉下来,可以握在手里。当她开始剥第一个鸡蛋时,凭蛋白的触感她可以知道是煮熟了,然而不幸的是,蛋壳异常坚硬难剥,剥下来的都是一小块一小块粘连着蛋白的尖锐碎片,最后剥完的鸡蛋只剩下原来的一半大小,坑坑洼洼,奇丑无比,更别提她的指尖还在滴血。"该死的。"她说着,把鸡蛋拿到水龙头底下冲洗,然后举到面前,盯着它思忖着。

行吧,那就做鸡蛋沙拉。

这是个明智的决定,因为另外三个蛋剥完后皆如第一个那般奇形怪状。她用一把钝得不行的刀把鸡蛋切开,然后又切了一些芹菜,因为没有砧板,她只能直接在台子上操作。多数芹菜都太老了,只好把不能吃的部分拔下来扔进水槽下面的垃圾桶里。甚至连最里面的茎都有点蔫巴巴了。

她想起来,新婚送礼会上有人送的是一只沙拉碗,于是她回到自己房间把它找了出来。包在碗里的是她的捕梦网。她把捕梦网拿出来,举着它缓缓地在房间中央打转,犹豫着把它挂在哪里好。最理想的是悬在床正上方的天花板上,她想,但那样做似乎有点麻烦,她也不知道皮奥特尔有没有锤子和钉子。她将目光投向窗户。窗上只有一层黄色的遮阳罩纸,然而以前这里肯定装过窗帘,因为罩纸顶上两端各有一个支架,中间架着一根可伸缩金属杆。她放下捕梦网,把角落里的那把扶手椅前面的搁脚凳拉过来,然后脱掉鞋子,站到搁脚凳上,把捕梦网挂在了窗帘杆上。

她不知道皮奥特尔有没有见过这种玩意。他很可能会觉得很稀奇。嗯,它的确是很稀奇。他会抱着双臂,头侧向一边,静静地久久地端详着捕梦网。他似乎总对各类事物怀有莫大的兴趣,而且总是目不转睛地看着她——至少在今天以前都是如此。她不习惯被人注视,但也不能说不喜欢这种感觉。

她从搁脚凳上跳下来,把它拖回扶手椅前面,然后重新穿上了鞋子。

警察会不会已经让他陪同他们一起去爱德华家实施逮捕了?没准。

快下午两点半了。所谓的结婚宴席定于五点开始,因此他们还有足够的时间,然而另一方面,塞尔玛姑妈家远在肯塔基州,而且皮奥特尔出发前还得洗把脸,换套衣服。实验室狂人们总不记得看时间,对此凯特再了解不过。

也许他还得填点材料、担保书,或是书面证词什么的。

她把剩下的新婚礼物也都拆了出来,把它们一一安置在厨房里。然后她清空了自己的行李箱,把东西一件件放进写字桌的抽屉里,一开始堆得乱糟糟的,然而时光缓慢,百无聊赖,她索性把每样东西整整齐齐整理好叠起来。接着她把帆布包里的东西整理出来——把发刷和梳子放在写字桌的桌面上;把牙刷拿到卫生间。要是把它插在皮奥特尔的牙刷筒里,和他的牙刷挨着放的话,未免显得过于亲密,于是她来到厨房,找了一个果冻杯,插进自己的牙刷,然后把杯子放在卫生间的窗台上。没见着药箱,只有水槽上方一个窄窄的木质架子,上面放着剃须用品、一把梳子和一管牙膏。他们要共用这支牙膏吗?她是不是应该把自己的牙膏带过来的?还有,他们到底怎么分担家庭开销呢?

种种细节问题,他们甚至都没想过从何谈起。

淋浴间边上，一根镀铬杆上挂着一条用过的毛巾和浴巾，而马桶边上的另一根杆子上则挂着一组全新的毛巾和浴巾。一定是为她准备的。看到这个，她刚才因为那光秃秃的床垫而受伤的内心多少好受了点。

已经过了三点。她从帆布包里掏出手机查看来电，以防万一她错过了他的电话，然而连条信息都没有。她把手机放回去。就自顾自吧，先吃点东西再说。一时间她忽然感到饥肠辘辘。

来到厨房，她舀起一点鸡蛋沙拉盛到一只碎了的白盘子上，然后拿了一把叉子和一张厨房纸巾（她没找到餐巾），在餐桌旁坐下来。但当她低头看自己的午餐时，却在一块蛋黄上发现了一滴鲜红的血迹：她自己的血。她又发现一滴，然后还有一滴。事实上，她的鸡蛋沙拉整个看上去都像花了过多的手工劳动，反而不是那么干净——认真过了头。她站起来，把盘里那份刮进了垃圾桶里，接着把碗里剩下的鸡蛋沙拉也全部倒掉，最后铺上厨房纸巾盖住了这一片狼藉。厨房里没有洗碗机，于是她把盘子拿到水龙头下面冲洗，然后又用一张厨房用纸擦干，把它们收了起来。销毁证据。

她突然想到，当年在男女混住宿舍里的生活远比这有趣多了。她低头看着自己的右手，白金戒指和黄金戒指真的不搭。她当时是怎么想的，竟然会听从父亲在时尚方面的高见？其实，像她的这种手，因为指甲又短又糙，边缘还嵌着花园泥土，根本就不适合戴戒指。

她从冰箱里拿出一罐啤酒，拉开拉环，仰着头猛喝起来，走到楼梯平台时已经解决了一大半，手里还拿着罐子。她信步走向皮奥特尔的房间。门关着,但管他呢,她旋开把手,走了进去。

和这里的其他地方一样,房间里家具寥寥,却打扫得干干净净。唯一有点扎眼的,是房间中央支起来的一张烫衣板,上面放着一个熨斗,侧边上垂挂着一件烫得挺括的白色礼服衬衫。这让她产生了之前看到新毛巾和浴巾时的那种感觉。唤起点希望。

窗下的双人床上铺着一条红色缎面被,边上的金线都起了毛,就像廉价旅馆里的那种被子,床头板上夹了一盏台灯,看着随时都可能掉下来。床头柜上放着一瓶阿司匹林,还有一幅嵌着凯特照片的镀金相框。凯特的照片?她拿起来。哦,原来是凯特和皮奥特尔的合照,只是因为凯特的凳子比皮奥特尔的椅子高出一截,所以抢了镜头。她脸上是吃惊的神色,额头因此皱成了难看的样子,那件麂皮夹克里面的T恤衫上还沾着泥土。这不是张拿得出手的照片。它和父亲抓拍的其他照片的唯一区别——后者中有些至少还把她拍得稍微好看点——只是它是第一张,是父亲在她和皮奥特尔初见那天拍下的。

她陷入了片刻的回忆中,然后把照片放回到床头柜上。

写字桌上放着一块落满灰尘的雕绣橱柜罩布,很可能出自刘太太之手,还有一个茶托,里面有几个硬币和一枚安全别针。除此之外,别无他物。桌子上方挂着一面很旧很旧的胡桃木镶边镜子,凯特往里面看时,简直像隔着层薄纱——整张脸顿显苍白之色,瀑布般的一头乌发也蒙上了暗淡的灰色。她又猛喝了一口啤酒,拉开一个抽屉。

她有一种迷信的想法,觉得偷窥他人私密空间的人会意外遇上令他们伤心的发现,作为对他们行为的惩罚。然而皮奥特尔的抽屉里只有少得可怜的一点衣服，每件都仔细地折起来叠着。有两件她见他穿过好几次的长袖毛线衫，还有两件短袖polo衫，一小摞成对卷好的短袜（全是白色菱格运动袜，只有一双深蓝色的休闲袜），几条白色针织短裤，就像四岁班的小男孩穿的那种，还有两件外国样式的汗衫，薄得跟纸巾似的，两条肩带靠得特别紧。没有睡衣，没有配件，没有花哨玩意，更无轻浮之物。她唯一的发现就是，他的生活简朴到令人动容。简朴而……正派，她想到了这个词。

在他的衣柜里，她发现了一套西装，一定是他为婚礼准备的——光面的深蓝色西装——还有两条牛仔裤，一条还系着皮带。衣杆上横挂着一条鲜艳的紫色领带，上面是黄色的闪电图案，衣柜最下面放着一双棕色的牛津鞋，边上是他的球鞋。

凯特又猛喝了一口啤酒，离开了房间。

回到厨房，她解决了那听啤酒，把罐子丢进一个看上去应该是皮奥特尔循环使用的纸袋子里。她又从冰箱里拿了听啤酒，走回自己房间。

她径直走到衣柜前，拉开防尘衣袋的拉链，取出那件她准备穿去塞尔玛姨妈家的礼服。这大概是她唯一一件适合宴会场合的衣服——一条红色的低圆领棉布裙。她把裙子挂在衣柜门的挂钩上，退后一步打量效果。她要不要用皮奥特尔的熨斗稍微烫一烫？不过这似乎挺麻烦的。她边思考边呷了口啤酒，然后放弃了这个想法。

和屋子里其他房间一样，她的卧室四壁空空。她以前从未注意到，一个地方如果没有照片竟会如此索然乏味。有那么几分钟，她设想着可以在墙上挂点什么聊以自娱。要不从她家里的卧室拿点东西过来?但那些也都是陈年旧物了——她早已不再喜欢的摇滚乐队的泛黄海报,当年打篮球时的队员合影。她应该找点新的东西,从头开始。

然而这一次,一项工程的酝酿却未能使她振作起来。突然之间,她感到精疲力竭。也许是啤酒的作用,也许是因为她昨晚没睡好,反正她真想睡个午觉。要是床上铺了床单的话,她早就睡午觉了。最后,她在角落的那把扶手椅上坐下来,蹬掉鞋子,两脚伸直放在搁脚凳上。尽管窗户是关着的,还是听得见外面的鸟鸣声。她专心倾听。"特威里克,威里克,威里克!"它们好像在唱。慢慢地,眼皮越来越重。她垂下手把啤酒罐放到地板上,然后滑入了梦乡。

楼梯上响起了脚步声,啪嗒啪嗒。

"凯罗?"脚步声穿过平台,"你在哪儿?"皮奥特尔叫道。下一秒她的房间门口出现一束硕大无比的牡丹,皮奥特尔就站在后面。"哦,你在休息啊。"他说。

她看不见他的脸,被牡丹挡住了。整株植物种在一个绿色的塑料培育盆里,已经有几朵含苞待放的花蕾,不久后会开出白色的花朵。她坐直了些,精神还有点迷迷糊糊的。就不该大白天喝啤酒的。

"怎么样?"她问他。

他没回答她,而是反问:"你为什么不到床上去睡?"然后他猛一拍脑袋,差点没扔掉手里的牡丹花。"床单,"他说,"我买了新床单,但新买来的床单可能会有有毒物质,所以我把它们洗掉了。还在楼下墨菲太太的烘干机里。"

可笑的是,这话竟听得凯特心里暖融融的。她伸出脚够着鞋子套了进去。"你告诉警察没?"她问。

"告诉他们什么?"他反问,听着令人恼火。他把牡丹花放到地上,然后站到后面掸了掸手里的泥土。"哦,"他漫不经心地开口,"老鼠回来了。"

"回……来了?"

"如你所说就是爱迪干的。"他说,"我当时想:'是啊。有道理。是爱迪。'于是我开车来到他们家,猛敲大门。'我的老鼠在哪里?'我问他。'什么老鼠?'脸上明显是伪装出来的惊讶表情,我一眼就看出来。'只要告诉我你没把它们放生到大街上。'我说。'放到街上!'他叫道,'你真的觉得我会那么残忍吗?''告诉我它们还关在笼子里,'我说,'不管放在哪里。告诉我你没把它们和任何普通的、城里的老鼠混在一起。'他噘起嘴,拉长脸。'它们好好地待在我房间里。'他说。他母亲冲着我大吼大叫,但我没理她。'我要叫警察了!'她喊道。但我还是径直跑上楼梯,找到他的那间房间。老鼠还在它们的笼子里,一个个笼子堆得高高的。"

"哇!"凯特惊叹。

"所以我才去了这么久,为了让爱迪把老鼠带回实验室。你父亲也在实验室。他给了我一个拥抱!镜框后面的眼睛噙满泪水!然后他们逮捕了爱迪,但你父亲并没有,怎么说来着?诉诸公堂。"

"真的吗?"凯特说,"为什么不呢?"

皮奥特尔耸了耸肩。"说来话长,"他说,"我们是在侦探来了以后决定的。这一次,侦探接了电话!大好人。非常可爱。植物是刘太太给的。"

"什么?"凯特感觉自己好似被蒙着眼睛,一圈圈打着转。

"她让我带给你的。结婚礼物。可以种在后院里。"

"那么她现在没事了?"凯特问。

"没事?"

"她刚才不是很生气吗?"

"哦,是的,每次我没带钥匙时她总没好脾气。"他语调轻快地说道,然后走到窗边,像是毫不费力似的推上窗框。"啊!"他叹道,"外面可真漂亮!我们不是迟到了吗?"

"不好意思?"

"宴席不是五点开始的吗?"

凯特瞥了眼手表。五点二十分。"哦,上帝。"她说着跳了起来。

"来!我们开快点。你可以在车上给你姨妈打电话。"

"但我还没换衣服。你也没换衣服。"

"我们就这样过去,都是一家人。"

凯特伸开双臂,露出睡过午觉后被弄得皱巴巴的裙子前部,以及裙边附近的那块蛋黄酱污渍。"就给我半秒钟,行吗?"她说,"这裙子穿不出去。"

"很漂亮的裙子。"他说。

她低头看了看,然后垂下双臂。"好吧,是条漂亮的裙子,"她说,"随你怎么说吧。"

但他已经走到外面的平台上了,直奔楼梯,她也只好跑起来追了上去。

第十二章

塞尔玛姨妈身穿一袭拖地印花礼服长裙出来应门。老远凯特就闻到了她身上的香水味。"你们好,我的亲爱的!"她大声唤道。看到他俩穿成这样,她不可能没吓一跳,但她并未流露半点惊讶。只见她出来走到游廊上迎接他们,倾身向前贴了贴凯特的脸颊,然后给皮奥特尔也来了一下。"欢迎来到你们的结婚宴席!"

"谢谢,塞尔姨妈。"皮奥特尔说着甩出双臂,热情洋溢地抱了上去,险些将塞尔玛姨妈撞倒在地。

"抱歉我们迟到了这么久,"凯特对姨妈说,"抱歉我们没来得及换身衣服。"

"嗯,你们至少来了,这就够了。"姨妈说道——她的反应比凯特料想的温和不少。她用手整了整刚才被皮奥特尔弄乱的一边头发。"快到后面来!大家都在喝东西呢。真是幸运,今儿天气多好啊!"

她转过身去走在前面带着他们穿过两层楼高的前厅。前厅中央悬着一盏硕大无比的水晶枝形吊灯,乍看就像一棵倒挂的圣诞树,皮奥特尔放慢脚步,痴痴地抬头盯着它看了一会儿。巨大的起居室里,笨重地躺着几张组合式长椅,仿佛一群庞然站立的犀牛,有两张咖啡桌,每张都足有双人床那么大。"皮奥德尔,凯特父亲都跟我们说了,你今天可真够折腾的。"塞尔玛姨妈说道。

"是相当折腾。"皮奥特尔说。

"他今天话特别多,跟他平时相比。我们一下子学到了好多关于老鼠的知识,真是太不可思议了。"

她推开通往后院的落地窗。尽管距离太阳落山尚早,院子里的树上却已经点起了一盏盏纸吊灯,罩在网里的蜡烛在每张桌子上闪烁着幽微的光。当凯特和皮奥特尔踏在石板上步入院子时,客人们齐刷刷地转过身来,看上去人数一下子比实际上增加了许多。凯特感觉他们的注意力势如疾风般扑面而来,她愣在原地,让帆布包低垂在身体前面以挡住那块蛋黄酱污渍。

"他们来了!"塞尔玛姨妈一边欢唱着宣布,一边气度非凡地抛出手臂欢迎两人,"有请——谢尔巴科夫先生和谢尔巴科瓦[1]太太!哦,反正就是他俩。"

人群中齐声响起"啊"的欢呼声,然后是稀稀拉拉的掌声,因为大多数人手里都还拿着酒杯,只能用指尖轻拍着手腕内部。凯特少女时代的好友爱丽丝和凯特上次见到她时相比胖了一点,她丈夫臂弯里抱着个小婴儿。塞隆舅舅穿了一套与他的牧师身份截然不符的卡其色上衣,下面是一条夏威夷短裤,但其他男宾都穿着西装,女士们则身着春装连衣裙,尽显一个冬天下来捂白的玉臂和美腿。

巴蒂斯塔博士是拍得最响亮的一个。他把杯子放到桌上空出

---

[1] 塞尔玛姨妈不熟悉皮奥特尔·施谢尔巴科夫的外国姓氏,因此在介绍时先是误说成了"谢尔巴科夫",又说成了"谢尔巴科瓦"。

双手,脸上红光满面,激动之情溢于言表。邦妮则远远地坐在院子的角落里,压根就没拍手。只见她手里捏着一个百事可乐的罐子,正挑衅似的怒视着皮奥特尔和凯特两人。

"好了,大伙儿,我们现在喝香槟吧。"巴克莱姨夫大声说道。他举着两杯浮着泡沫的香槟来到皮奥特尔和凯特面前,"喝吧,好酒呢!"他对他们说道。

"谢谢。"凯特说着接过自己那杯。皮奥特尔也说:"谢谢,巴克莱姨夫。"

"你看上去像是才起床,皮奥德尔。"巴克莱姨夫带着一丝黠笑说道。

"这是最新的潮流。"凯特对他说。她实在受不了再道一次歉了,"他是在川久保玲店里买的。"

"不好意思?"

她猛喝了一大口香槟。

"你和皮奥德尔能再靠得近点吗?"她父亲两只手捧着手机,问她,"不能相信我竟然连一张婚礼的照片都没拍。虽说当时我脑子里想着各种事情,但是……或许你舅舅能给我们重办一次。"

"不要。"凯特直截了当地回答。

"不要?噢,好吧,"他眯起眼睛低头看着自己的手机,"不管你怎么说,亲爱的。今天真是个好日子!我们都该谢谢你,是你把我们引向明茨家那小子的,不然我绝对怀疑不到他。"

他边说话边又拍了好几张照片,他终于掌握了点窍门,开始不再那么笨手笨脚了。但仍然不用指望能拍出什么好效果,因为凯特正埋头喝着酒,皮奥特尔则正转身从塞尔玛姨妈端来的盘子里抓起一片鱼子烤面包。"要不我拿两片吧,"他说着,"我早饭和午饭都没吃。"

"哦,真可怜!拿三个吧,"塞尔玛姨妈说道,"路易斯?鱼子酱?"

"不,不用了。巴克莱,你能给我和新郎新娘拍张照吗?"

"乐意效劳。"巴克莱姨夫回答。与此同时塞尔玛姨妈对他说:"你得先看看大家杯里的香槟。凯特已经喝起来了,而我们还没举杯祝酒呢。"

凯特不好意思地放下手中的杯子,尽管实际上该怪巴克莱姨夫。是他让她喝掉香槟的。

她父亲说道:"让我耿耿于怀的是,我至今仍然不明白为什么会发生这样的事,我是说动物保护者做的这个事。我的老鼠过着幸福无比的生活!比很多人类活得还要健康,事实上。我和我的老鼠一直相处得很好。"

"好吧,有它们陪着总比没人陪好,我想。"塞尔玛姨妈说完拿着盘子翩然离去。

塞尔玛姨妈的儿子理查德正向他们走来,身边携着他的妻子,后者是一位面色苍白、冷若冰霜的金发女郎,皮肤光滑不见毛孔,粉色的双唇如珍珠般娇美。凯特拉了拉父亲的衣袖,小声问他:"快,理查德老婆叫什么来着?"

"你问我?"

"第一个字母是'L'。赖拉?利亚?"

"表妹!"理查德兴高采烈地叫道,他一般不是这么友好亲和的。"祝贺你们!祝贺你,皮奥德尔,"他边说边重重地拍着皮奥特尔的后背,"我是凯特的表哥理查德。这位是我的妻子,珍妮特。"

巴蒂斯塔博士冲凯特挑了挑眉毛。皮奥特尔跟他们打招呼："里奇，很高兴见到你。珍，很高兴见到你。"

凯特等着看到理查德吸一下鼻子以示不满，然而他这次并没有理会。"不敢相信我们终于把这姑娘给嫁出去了，"他说，"整个家族都大大松了口气。"

这话印证了凯特最糟糕的猜想，她感觉被戳到了痛处。珍妮特连忙打住："哦，理查德。"这反而让凯特更感受伤。

皮奥特尔却说："我也松了口气。我以前都不知道凯特会不会喜欢我。"

"哦，她当然喜欢了！你就是她的款，对吧？"

"我是她的款？"

理查德刚才那股自信劲突然有点消退了，但他还是解释道："我是说你们是属于同一种环境或是什么的。她从小到大接触的那种科学环境。对吧，路易斯叔叔？"他问道，"**正常人**是没法理解你们的。"

"到底是哪里让你觉得难以理解？"巴蒂斯塔博士问他。

"哦，你懂的，那些科学术语，我一时也说不上来——"

"我研究的是自体免疫紊乱，"巴蒂斯塔博士说，"'自体免疫'确实有四个字，但或许我可以帮你分解一下这个词……"

凯特感觉有只手悄悄地环住了自己的腰，她吓了一跳，然后转身发现爱丽丝就站在自己身边，笑容满面地对她说："祝贺你，陌生人。"

"谢谢。"凯特说。

"我无论如何都不会错过这次宴会。你这几年来怎么样啊？"

"我还行。"

"你看见我那个小乖乖了吗？"

"是的，我注意到了。是男孩还是女孩啊？"

爱丽丝皱了皱眉头。"是个女孩，当然了，"然后又立刻展颜说道，"你赶紧自己也生一个，这样他们就能一起玩了。"

"哦，天啊。"凯特不知该说什么。她环顾四周想找鱼子烤面包，但它们显然已经在院子的另一边了。

"跟我说说你的男人！你在哪里遇见他的？认识他多久了？他很性感呢。"

"他在父亲的实验室里工作，"凯特说，"我们认识三年了。"她意识到，这话说多了渐渐就像确有其事了。她甚至都可以从他们长久的相识中信手拈来几段细致具体的回忆。

"那边那两个是他父母吗？"

"什么？哦，不是，那是戈登夫妇，"凯特说，"跟我们隔了两户人家的邻居。皮奥特尔没有父母。他一个亲人也没有。"

"真幸运，"爱丽丝说，"我是说，对他来说当然很惨，但你很幸运：不用跟公公婆婆打交道。你哪天真该见识一下杰瑞的母亲。"她露出牙齿咧嘴朝丈夫飞去一个大大的微笑，对着他摆了摆手。"她觉得他应该娶那个做神经外科医生的前女友为妻的。"她边保持微笑边说道。

巴克莱姨夫走到院子中央，大声问客人们："现在每个人都有香槟了吧？"

人群中一片含糊的应答声。

"那我们就举杯祝酒吧，"他接着说，"敬皮奥德尔和凯瑟琳！祝你们像我和你们姨妈一样幸福。"

四下响起小小的欢呼声,每个人都抿了一口酒。凯特不知道该如何作答。事实上,她以前从未被人祝过酒。于是她只是将手中的酒杯微侧向众人,对着他们点了点头,然后偷偷瞥了皮奥特尔一眼,看他怎么回应。他笑得合不拢嘴。只见他把酒杯高高举到空中,然后又放下来,头往后仰,一口饮尽了杯中的香槟。

关于席上每人的座位,都被塞尔玛姨妈安排得一丝不苟,就好像这是一个隆重正式的宴会场合似的——新郎新娘彼此挨着坐在一张长餐桌一边的中间位置,然后一家人按照远近亲疏依次排开,坐在他们的左右两边。有点像《最后的晚餐》里的场景。

"你父亲坐在你右边。"塞尔玛姨妈领着凯特进入餐厅时对她说,尽管其实她用不着解释,因为每个座位的餐盘上端都立着一张字体优雅的名牌。"邦妮坐在皮奥德尔左边。然后我坐在你父亲的另一侧,巴克莱坐在邦妮的另一侧。塞隆坐在餐桌的这一端,理查德坐在那一端,剩下的每个人就按'一个男生——一个女生——一个男生——一个女生'的次序坐在你对面的那排。"

然而出了点问题。首先,邦妮拒绝坐在皮奥特尔边上。她走进餐厅,看了座位名牌一眼后说道:"我不要和那个人坐在一起。跟我换一下位置,巴克莱姨夫。"

巴克莱姨夫一脸惊讶,但他很随和地答应了。"当然可以。"他说着替邦妮拉开他座位的椅子,然后自己在皮奥特尔旁边的椅子上坐了下来。"看起来你的这个小姨子不好对付哦,老弟。"他小声跟皮奥特尔嘀咕道。

"是的,她对我十分生气。"皮奥特尔面不改色地说道。

凯特凑近父亲，他正在铺开自己的餐巾。"她生什么气？"她小声问他，"我以为你没有诉诸公堂。"

"这事有点复杂。"她父亲说。

"怎么个复杂法？"

然而她父亲只是耸了耸肩，把餐巾摊平在双腿上。

接着是爱丽丝对她的座位安排不太满意，尽管她没有表示得那么直白。她本来应该坐在凯特和皮奥特尔对面的那一长排上，但她悄悄来到塞尔玛姨妈身边对她说："我不知如何开口，但不好意思，能给我换到两端的座位上吗？"

"两端的座位？"

"我过会儿要给宝宝喂奶，手肘需要有点活动空间。"

"当然可以，"塞尔玛姨妈说，"理查德，亲爱的？"她叫道，"你能和爱丽丝调个位置吗？"

理查德可没有巴克莱姨夫那么随和。"为什么？"他问道。

"她需要有点空间来给宝宝喂奶，亲爱的。"

"给她宝宝喂奶？"

塞尔玛姨妈在凯特父亲的另一侧翩然入座。理查德在停顿了好一会儿之后，还是站起来移到了旁边一个座位，挨着戈登先生，爱丽丝在一端的位置上坐下，伸出手来抱着宝宝。

虽然不太情愿，凯特还是渐渐对塞尔玛姨妈产生了某种敬意。有点像她在长大以后重读《飘》的感受，那时她蓦然发现梅兰妮才是小说真正的女主角。事实上，她都有点后悔没邀请姨妈参加婚礼了。不过考虑到婚礼搞成了一团糟，或许还是不邀请为好。

皮奥特尔和凯特挨得很近，所以每当他想和她分享对某样东西的欣赏时,只需要戳戳她的手肘。让他中意的东西的确也不少。他喜欢头一盘菜,维希奶油浓汤[1]——凯特发现,凡是有土豆或卷心菜的食物都深得他意——他也喜欢第二道上来的羊排。他喜欢巴克莱姨夫的音响系统上播放的巴赫的变奏曲,也喜欢音响系统本身,它有四个小巧秀气的扬声器,分别置于房顶饰板的四个角落。他尤其被爱丽丝的孩子——它被妈妈举起来向大家展示,结果却把奶吐了出来——给逗乐了,真的大笑了出来。凯特连忙戳了戳他让他闭嘴。当塞隆舅舅告诉戈登太太他们教堂的唱诗班指挥最近都在"敷衍了事"时,皮奥特尔更是得意忘形。"敷衍了事!"他冲凯特重复着这句话,一边戳着她正在切羊排的手臂。他胳膊肘上的疙瘩碰在她光着的手臂上,感觉粗糙却温暖。

在她的另一侧,她父亲突然弯下腰去。他好像是想爬到桌子底下去。"你在干什么?"凯特问他。他说:"我在找你的那个包。"

"你要那个做什么?"

"我只是需要把这些纸塞进去。"他说着匆匆向凯特展示了一下——几张折了三折的纸,看上去像是商务信笺。然后他又迅速把头缩到了桌子底下。"给移民局看的纸。"他压低声音说道。

"哦,看在上帝的分儿上。"凯特愤愤地自语,然后狠狠地叉起一块肉,力度大得没有必要。

"路易斯?你丢了什么东西吗?"塞尔玛姨妈大声问道。

"不,没有。"他说,然后坐了起来。他的脸因为刚才这阵忙活而发热泛红,眼镜也从鼻梁上滑落下来。"只是放点小东西到凯

---

[1] 用韭葱、土豆等烹制的奶油浓汤,通常冷食。

特的包里。"他说。

"哦,是啊。"塞尔玛姨妈赞许地应答。她大概以为他指的是钱,她对于他就是这样一无所知。"路易斯,我不得不说,你把这两个姑娘养得还不错。"她对他说道。"总的说起来,"她说着朝他侧了侧酒杯,"我不得不承认这点。我当初觉得你应该把她们交给我来抚养,但我现在看出来了,你当时坚持自己带她们或许是对的。"

凯特停下了嘴里的咀嚼。

"是啊,嗯。"巴蒂斯塔博士说。他转向凯特,压低声音对她说:"我知道这些官僚语言一开始看着都会有点吓人,但我给你附了一张名片,上面有莫顿·斯坦菲尔德的电话号码。他是一位移民事务律师,他会帮你适应这些的。"

"好的。"凯特说。然后她又拍了拍他的手,再次说:"好的,父亲。"

爱丽丝请求邦妮帮她切肉,因为她用披在肩上的开襟毛衣掩护着给宝宝喂奶。珍妮特正试图和理查德对上目光,他刚刚又给自己倒上了酒,这最起码已经是他的第三杯酒了。珍妮特一直把身子向前倾着,竖起一只食指,就像是想要提出什么修改意见似的,然而理查德却存心不看向她,眼睛始终盯着别处。戈登太太听说明茨家的男孩劫持了皮奥特尔的老鼠后,此刻正在向他表示深切同情。她坐在皮奥特尔对面那排,两人之间还隔了好几个位置,所以她得提高音量说话。"吉姆·明茨和索尼娅真该踏上板子[1]了。"她大声

---

[1] 原文为"step up to the plate",原为棒球术语,指的是击球手踏上本垒板准备击球,后成为美国俚语,表示"开始着手做某事",这里戈登太太的意思是明茨夫妇该开始管管爱德华了。

说道。凯特下意识地缩了一下,因为邦妮肯定会听到这话。

"踏上板子……"皮奥特尔若有所思地重复着。

"击球手的板子,"巴克莱姨夫提示他,"棒球里面。"

"啊!真棒。很有用。我还以为是盘子[1]呢。"

"不,不是。"

"在爱德华还小的时候,"戈登太太继续说着,"吉姆和索尼娅就对他放任自由。他从小就是个与众不同的孩子,但不知他们有没有注意到。"

"听起来他们只是敷衍了事。"皮奥特尔对她说道。

他说这话时是那么高兴,得意之色尽写在脸上,以致巴克莱姨夫都忍不住笑了起来。"皮奥德尔,你可真的是喜欢我们的美国式表达,对吧?"他说。皮奥特尔也笑了,回答:"我爱死它们了!"他整张脸都容光焕发。

"好兄弟,"巴克莱姨夫充满爱怜地赞道,"敬我的兄弟皮奥德尔一杯!"他高声宣布,举起手里的酒杯,"让我们欢迎他加入大家庭。"

餐桌周围响起一片喧动声,人们纷纷附和,伸手去拿自己的酒杯,然而还没等他们举杯祝酒,就听见邦妮的椅子在镶木地板上划出刺耳的尖声,然后她一下从座位上跳起来。"好吧,我可不欢迎他,"她说,"我说什么都不会欢迎一个袭击无辜者的家伙。"

凯特惊道:"无辜?"然后又像是才反应过来似的加上一句,"袭击?"

---

[1] plate 既有"盘子"的意思,也有"板子"的意思。

"他告诉我你的所作所为了!"邦妮说着转向皮奥特尔,"你就是不能好好跟他说,让他把老鼠还给你。哦,不。你偏要过去揍他一顿。"

所有宾客齐刷刷地盯着她看。

"你揍了他?"凯特问皮奥特尔。

"他有那么一点儿不大愿意让我进他们家。"皮奥特尔说。

邦妮说:"你差点打掉他的下巴!也许你真的把他下巴打掉了。现在他母亲想着要把他送到急救室去。"

"很好,"皮奥特尔边给一片面包抹上黄油边说道,"也许他们会把他的嘴给缝起来。"

"你们听见没?"邦妮问其他人。巴蒂斯塔博士插进来:"好了,邦邦。好了,亲爱的。控制一下情绪,亲爱的。"凯特同时问道:"到底发生了什么?等等。"

"他几乎把明茨家的门都给砸掉了,"邦妮对凯特说,"冲着爱德华大喊大叫,揪住他的衬衫衣领。可怜的明茨太太心脏病都被吓出来了,当爱德华试图拦住他时——他当然会拦他了,那是他的私人住宅——皮奥德尔一拳把他朝后打倒在地,然后自己飞跑上楼梯,一间一间地闯进明茨家的私人房间,直到最后他找到了爱德华的那间房,便冲着爱德华吼道:'上来!现在就上来!'然后他逼着爱德华把所有笼子带下楼梯,放进明茨家的那辆小货车里。明茨太太大惑不解地叫道:'这是干什么?停下来!'他用那种令人忍无可忍的声音冲着她喊:'给我让开!'而她根本一无所知!她以为爱德华只是帮朋友代养那些老鼠的!而且他也的确是帮一个朋友代养的,一个他在网上认识的宾夕法尼亚州某个组织的成员，那人下周就会过来，把老鼠带到一个供人领养的无安乐死庇护所里，他说的——"

巴蒂斯塔博士发出一声呻吟，显然他是在想象自己的宝贝老鼠落入一群满是细菌的宾夕法尼亚人手里的场景。

"——然后他们开车到了实验室以后，爱德华非常配合地帮着他们把老鼠从小货车上卸下来，再搬回到老鼠室里，相信我，这可不是件容易的事儿。但他得到的是什么回报呢？皮奥德尔叫了警察。他叫了警察来把爱德华抓走，在爱德华已经完全弥补了损失之后。本来这个时候爱德华就蹲在监狱里了，我敢保证，要不是最后明茨太太也叫了警察，要把皮奥德尔抓走……"

"什么？"凯特惊道。

"我跟你说了事情有点复杂。"她父亲说。

其他客人看上去都好似着了魔一般。就连爱丽丝的小婴儿都目不转睛地盯着邦妮，嘴巴张成O字形。

"可怜的爱德华，"邦妮继续说，"被打成重伤，一边脸肿得跟个南瓜似的，所以他母亲当然叫来了警察。所以说，父亲……"邦妮说着转向巴蒂斯塔博士，这是十几年来凯特第一次听见她叫他"父亲"，"父亲是迫不得已才不起诉的，谢天谢地，要不然明茨他们家也会起诉皮奥德尔。这就是一场辩诉交易[1]。"

"嗯，我觉得辩诉交易不是这个……"巴克莱姨夫插进来。

---

[1] Plea bargain，指在法院开庭审理之前，作为控诉方的检察官和代表被告人的辩护律师进行协商，以检察官撤销指控、降格指控或者要求法官从轻判处刑罚为条件，来换取被告人的有罪答辩，进而双方达成均可接受的协议。邦妮这里是错用了。

"你就是因为这个才不诉诸公堂的吧？"凯特问父亲。

"这样比较妥当。"他答道。

"但皮奥特尔是被激怒了！"凯特说，"他是情急之下才打了爱德华的，不是他的错啊。"

"这是真的。"皮奥特尔点点头。

塞尔玛姨妈说："无论什么情况……"

"你当然会这么说了，"邦妮对着凯特说道，"你当然会觉得皮奥德尔不会做错什么了。你不知为何就变成了某种僵尸似的。'是的，皮奥德尔；不，皮奥德尔。'神情呆滞地跟在他后面转。'不管你说什么，皮奥德尔；你想让我做什么我就去做，皮奥德尔；我当然会嫁给你了，皮奥德尔，即使你只是想找一个美国公民跟你结婚。'你对他说。然后你在自己的结婚宴会上迟到得没边没谱，你们两个人甚至都没穿礼服，衣服乱糟糟皱巴巴的，就好像你们一个下午都在亲热似的。真恶心，就是这样。哪天我要是有了丈夫，你绝对不会看到我像你这样逆来顺受。"

凯特站起来，把餐巾放到一边。

"很好。"她说。她感受到皮奥特尔的眼睛正盯着她——每个人都盯着她——巴克莱姨夫显然被逗得乐不可支，塞尔玛姨妈则高度紧张地等待着在第一时间插进话来，结束这一切。然而凯特只看着邦妮一人。

她说："你想怎样对你的丈夫随你便吧，但我同情丈夫们，无论我的丈夫是谁。做个男人很不容易。你有想过这点吗？不管有什么烦恼，男人都觉得他们得藏在心里。他们觉得自己看上去应该是独当一面、掌控局面的。他们不敢暴露自己真实的感情。不管他们是内心受伤、绝望无助,抑或是悲伤难过,不管他们是郁郁寡欢、乡愁难解,还是心中有种巨大的挥之不去的负罪感,抑或是他们即将在什么事情上一败涂地——'哦,我没事。'他们都会说,'一切都好。'其实仔细想想,他们要比女人们不自由得多。女人从一两岁时便开始研究他人的感受;她们不断完善自己的探测雷达——包括她们的直觉、同情心,或是人际交往中的什么能力。她们知道无数事情的隐秘法则,而男人们则执迷于体育比赛、战争与功成名就。就好像男人和女人是来自两个不同的国度!我不是'逆来顺受',不像你说的那样。我只是允许他进入我的国度。我只是与他分享一个我们都可以做回自己的空间。求主怜悯,邦妮,对我们宽容点吧!"

邦妮跌落到自己的椅子上,目光茫然。或许她并未心服口服,但至少她不打算再争吵了,目前看来。

皮奥特尔站起来,一只手环住凯特的肩膀。他微笑地看着她的眼睛,对她说:"亲亲我,凯特娅。"

她照做了。

后　记

路易·施谢尔巴科夫的父母和他约法三章：如果他们把他留在家里让保姆看管，他就得自己解决晚饭问题。小小年纪的他已然厨艺了得，远在他妈妈的水平之上，几乎和他爸爸不相上下。今年秋季他就上一年级了，到时候他们就会开始允许他在有大人在的情况下使用电炉，其实现在他就已经可以使用微波炉和吐司烤箱了，还有银质刀具，只是不能碰那几把锋利的刀。他用厨房剪刀切起牛肉干来相当熟练。

今晚他的父母要去华盛顿，因为母亲要在那儿领奖。她荣获了植物学联合会颁发的植物生态学奖。整整一周，路易逢人就说："妈妈拿到了屁股阿尼克[1]联合会颁的奖。"他这样说着，然后自己笑得满地打滚。大多数人对此只会报以礼貌的一笑，但要是他父

---

[1] 植物学联合会中的"植物学"一词原文为"botanical"，路易在这里开了个玩笑，将单词分解为"bot"和"anical"，前者与"butt（屁股）"发音相近。

亲听到后会和路易笑得一样厉害。他父亲大笑的时候，外眼角会向上勾起来。路易笑起来眼睛也会那样，他还遗传了他父亲的黄色直发。他妈妈的塞尔玛姨妈说他和他父亲简直是一个模子刻出来的，甚至看上去有点滑稽，但路易看不出这有什么滑稽的。她是在说他没有父亲那样的大块头手臂肌肉吗？但他也快了。

他把两片面包放进吐司烤箱里，然后把小矮凳拖到食物橱柜前，站到上面取下一罐沙丁鱼。他并不是那么喜欢吃沙丁鱼，但他喜欢用那个小小的拉环打开罐头。开了沙丁鱼罐头后，他从厨房台子上的果盆里拿起一根香蕉，因为香蕉是不可思议的食物，他剥开皮，用一把银质刀把香蕉切成片状。然后他走到外面的平台上，喊道："我们有四季豆吗？"

"什么？没有！"他母亲在她和父亲的那间房里回喊道。

"太糟糕了。"他喃喃自语。在外公家时他经常吃四季豆，外公会把它们和一大堆其他东西捣碎搅拌在一起。他喜欢四季豆那种味道。

"你要四季豆做什么？"他母亲大声问他，然后她又压低声音加了一句，"我还是搞不懂为什么我不能穿裤子去。"

"但这是正式场合啊，"他父亲对她说道，"我自己就穿了西装呢。"

"你至少有时还会穿正装。而我看上去活像被某个神经病小孩打扮得花里胡哨的宠物狗。"

路易回到厨房，再次爬上小矮凳，取下挤压瓶装的番茄酱。来点红色应该不错，他想。红色、银色和淡黄色，番茄酱、沙丁鱼和香蕉。"绿色食物在哪儿呢？"他爸爸总喜欢这样问，但他妈妈会说："哦，消停一下吧。我知道有的小孩直到上大学之前都只吃白色食物[1], 他们也长得好好的。"

大多数时候，他的保姆就是外公，因为邦妮阿姨已经嫁给了她的私人教练，婚后搬去新泽西生活了。外公家里有一本纸页泛黄的老书，名字叫《写给青少年的有趣科学事实》，当外公坐下来休息时，他就会拿来这本书念给路易听。尽管路易听得似懂非懂，但这总让他感觉自己备受重视与关爱。但今晚外公也要去华盛顿，塞尔玛姨妈、巴克莱姨夫和塞隆舅舅也一起去，所以路易就只好到楼下和刘太太一起待着。

不过，这样也行。刘太太会让他喝可口可乐，她的朋友墨菲太太有个玻璃门板的橱柜，里面放着些很酷的稀奇玩意儿：一个水晶镇纸，里面飞舞旋转的不是雪花片而是金子做的星星；一个顶上是开着的，里面会喷出一只只微型的白色大象的鲜红色浆果；还有一个顶部是褐色的鞣料木晴雨指示箱，指示箱有好几扇小门，其中一扇会出来一个小人——预测晴天会出来一个女人，预测下雨会出来一个男人，然而几乎所有时间出来的都是那个女人，手里捧着一个小小的喷水壶，而男人则总是站在后面的阴影里，撑着一把指甲大小的雨伞——即使外面下着倾盆大雨也是如此。路易的爸爸说这真是太不精确了。

刘太太说什么都不肯收他父母给的托管费，因为她说她是路易的姑姑。小时候，路易还真以为她是他姑姑呢，因为他俩的名字几乎一模一样，但妈妈向他解释说，刘太太只是一位名义上的姑姑。墨菲太太也是，因为他们住的这个房子是她的，尽管路易的外公很想让他们搬去和他一起住。但路易的妈妈说她不想搬家。她说她在

---

[1] 指白糖、通用面粉等加工食品, 或土豆、米饭、通心粉等淀粉类食物。

这里都住了十一年了,一切都让她称心如意,他们为什么还需要更大的空间呢?只会增加打扫卫生的负担,爸爸表示完全赞同。

路易从吐司烤箱里取出吐司,把它们放在台子上,在一片吐司上盖上香蕉片,然后再铺上沙丁鱼,一条一条整整齐齐地排放,然后再把番茄酱按竖波浪形状挤在香蕉和沙丁鱼上面。最后他把第二片吐司放在第一片上面,用力压下去,大功告成,然后他从抽屉里找出一个三明治盒,把三明治装了进去。刚才压面包时,有点番茄酱溅出来洒在了台子上,但并不多。

去年冬天他爸爸和他外公拿奖时,他们是到另外一个国家去领奖的,所以路易也只好跟着一起去。颁奖仪式无聊透顶,妈妈便允许他在她手机上一遍遍玩着电子游戏。这次他们把他留在家里,他可不觉得有什么遗憾的。

他舔掉手指上沾到的番茄酱,从架子上拉下干毛巾,把T恤上能擦掉的番茄酱渍都擦了个干净。这时他可以听见父母说话的声音。"我们办完正事一分钟都不要多待,"妈妈说着,"你知道我有多讨厌应酬闲聊。"接着两人出现在厨房门口。妈妈的黑发长至肩上,光泽闪耀,她穿了一件红色的晚礼服,下面露着两条光溜溜的笔直的腿——路易都不知道妈妈还有这身衣服。爸爸穿着蓝色的西装,系着那条漂亮的紫色领带,上面是黄色的闪电图案。

"我们看上去怎么样?"妈妈问他。路易回答:"你们就像那个晴雨指示箱里面的一男一女。"

但他随即发现其实父母和那对小人并不相像。他们的确也站在门边,但他们是紧挨着彼此站在同一扇门边的,没有谁在前谁在后,而且两人手牵着手,满面笑容。